Die schönsten, komischsten und nachdenklichsten Gedichte, Geschichten und Zeichnungen von Robert Gernhardt zum Fest: eine neue Auswahl aus der unerschöpflichen Fundgrube des Gernhardt'schen Werks.

Robert Gernhardt wurde 1937 in Reval / Estland geboren, studierte Malerei und Germanistik in Stuttgart und Berlin. Durch rege publizistische Tätigkeit in vielen Formen und Genres wurde er zu einem der bedeutendsten Vertreter der »Neuen Frankfurter Schule«. Seit 1996 erscheint sein Werk im Fischer Taschenbuch Verlag und seit 2002 im S. Fischer Verlag. Seit 1964 lebte er als freiberuflicher Schriftsteller, Karikaturist, Maler und Zeichner in Frankfurt am Main. Dort ist er am 30. Juni 2006 gestorben.

Johannes Möller, geb. 1968 in Nürnberg, studierte Jura und arbeitete – insbesondere auf dem Gebiet des Verfassungsrechts – als Assistent an der Universität München, als wissenschaftlicher Mitarbeiter beim Bundesverfassungsgericht und derzeit im Bundeswirtschaftsministerium. Über Robert Gernhardt veröffentlichte er unter anderem in *text+kritik* und der *Süddeutschen Zeitung*.

Unsere Adresse im Internet: www.fischerverlage.de

ROBERT GERNHARDT

Weiße Weihnacht an der Côte d'Azur

Herausgegeben von
Johannes Möller

FISCHER
TASCHENBUCH
VERLAG

Titelillustration: Per Gernhardt

Veröffentlicht im Fischer Taschenbuch Verlag,
einem Unternehmen der S. Fischer Verlag GmbH,
Frankfurt am Main, Dezember 2007

Gesamtherstellung Clausen & Bosse, Leck
Printed in Germany
ISBN: 978-3-596-17677-9

DAS EREIGNIS

Die Geburt

Als aber in der finsteren Nacht
die junge Frau das Kind zur Welt gebracht,
da haben das nur zwei Tiere gesehn,
die taten grad um die Krippen stehn.

Es waren ein Ochs und ein Eselein,
die dauerte das Kindlein so klein,
das da lag ganz ohne Schutz und Haar
zwischen dem frierenden Elternpaar.

Da sprach der Ochs: »Ich geb dir mein Horn.
So bist du wenigstens sicher vorn.«
Da sprach der Esel: »Nimm meinen Schwanz,
auf daß du dich hinten wehren kannst.«

Da dankte die junge Frau, und das Kind
empfing Hörner vorn und ein Schwänzlein hint.
Und ein Hund hat es in den Schlaf gebellt.
So kam der Teufel auf die Welt.

Jakobinischer Wandersmann

I
In Engelszungen sang
der schlesische Cherub.
Wer fällt ihm hier ins Wort?
Ein Mensch? Der Beelzebub?

II
Mensch, rede nicht von Gott.
Was ist von Gott zu sagen?
Er siegte, sah und kam,
um uns ans Kreuz zu schlagen.

Mensch, werd' vor Gott nicht weich,
denn Gott ist mit den Harten.
Kaum wurde Adam bleich,
schon flog er aus dem Garten.

Vor Gott ist alles eins.
Sein Nehmen ist ein Geben:
Er gibt den Tod und nimmt
im Gegenzug das Leben.

Mach dir nur einen Reim
auf beide, Mensch und Gott:
Du findest kein' auf Mensch
und erntest für Gott Spott.

Ihr Menschen, lernet doch
von Wiesenblümelein:
Gott hat euch ausgesät,
und ihr geht dennoch ein.

Die Ros' ist ohn' Warum,
kein Zweifel an ihr naget,
denn da ist ja der Mensch,
der ihr das Darum saget.

Wo Gott ein Feuer ist,
so ist mein Herz ein Herd,
auf welchem er sein Supp'
kocht, abschmeckt und verzehrt.

Warum daß Gottes Geist
wie eine Taub' erscheint?
Er tut's, weil er damit
den Fuchs zu tarnen meint.

Gott ist mein Stab, mein Licht,
mein Pfad, mein Ziel, mein Hirt,
mein Kind, das all das glaubt
und darob selig wird.

Gott spricht nur immer Ja,
der Teufel immer Nein:
Drum ist der Mensch verdammt,
der Schiedsrichter zu sein.

Nichts dünkt mich hoch zu sein,
ich bin das höchste Ding,
weil auch Gott ohne mich
sich selber ist gering.

III

»Mensch werde wesentlich« –
wer solches sagt, der irrt.
Er sorge vielmehr, daß
sein Wesen menschlich wird.

DIE GESCHICHTE

WimS-Intim

24.12. Das WimS-Weihnachtsfest – wie immer im engsten Kreis der weltweiten WimS-Gemeinde gefeiert – wird auch dieses Jahr zu einem vollen Erfolg. Atemlose Spannung herrscht, als Chefredakteur Zirfeld die Weihnachtsgeschichte vorliest. »Wie geht's weiter?«, wollen alle wissen und »Was wird aus dem Kind!?«
Und so liest Zirfeld denn weiter – bis zum bitteren Ende. Da fällt es anfangs allen schwer, in echte Festtagsstimmung zu kommen, doch als die Geschenke ausgepackt werden, sind alle trüben Gedanken verflogen. Und wie immer sind es nicht die kleinen, persönlichen, sondern die großen Geldgeschenke, die allen am meisten Freude bereiten.
Das als Anregung für Sie, liebe Leser, wenn Sie uns zum nächsten Fest etwas bescheren wollen, was wir stark hoffen.

HM...HM...
...UND DEN MENSCHEN EIN WOHLGEFALLEN...
HM...HM...
SCHADE! NICHTS FÜR UNS. FING VERHEISSUNGSVOLL AN, DOCH DANN HABEN SIE WIE ÜBLICH ZUVIEL HINEINGEPACKT: DIE GEBURT UND DIE HIRTEN UND DIE ENGEL... MERKEN SIE SICH DOCH ENDLICH: IN DER LITERATUR IST MEHR OFT WENIGER!

Pilsator meint:

(In der folgenden Glosse gibt unser Kolumnist die Meinung der Redaktion wieder. Sie deckt sich nicht immer mit seiner eigenen.)

Die Zeichen reichen

In dieser Zeit, da die Tage kürzer, die Nächte dunkler und die Frauen kühler werden, sitze ich abends gerne vor dem Fernschreiber. Und wenn der dann so recht ordentlich vor sich hin bullert und zischt, dann greif' ich mir wohl die eine oder andere heiße Nachricht heraus, etwa die hier: »NEUE SATZZEICHEN. Neue verbindliche Satzzeichen hat die Satzzeichen-Kommission im Bundesgrammatik-Ministerium erarbeitet. Die Neuregelung sieht vor …«
Na, schau'n wir mal, was sie vorsieht. Neu ist zum Beispiel das AUSFRAGEZEICHEN. So sieht's aus es soll in Zukunft den Ausfragesatz stärker vom normalen Fragesatz trennen, das »Wie geht's?« vom »Wie in drei Teufels Namen kommt der nackte Mann in unseren Sexualkunde-Atlas, Elsbeth Nicht schlecht.
Neu ist ferner das KOLON, das so ausschaut und das Semikolon ablösen soll; ich bin dafür, weil ich Halbheiten noch nie mochte.
Ebenfalls neu und brauchbar sind die beiden ANMEIERUNGSZEICHEN, das Anmeierungszeichen unten ≈ und das Anmeierungszeichen oben ≈, die dem Leser klarmachen sollen, wann, wo, wie lange und wie oft er in einem Text angemeiert wird. Also: ≈ Es begab sich aber zu der Zeit, da Cyrenus Landpfleger in Syrien war, daß ein Gebot vom Kaiser Augustus ausging, daß alle Welt etc. … ≈
Weniger befreunden kann ich mich mit dem OPANKENSTRICH, , der die Versfüße gliedern soll. Nun, ich bin freilich auch kein Dichter, das ist nicht mein Bier.
Und was schließlich das KOMMARÜBER betrifft, jenes merkwürdige sperrige , das lediglich den Satzfluß überbrücken und dem Leser das Überschreiten ermöglichen soll – na, ich weiß nicht, ich weiß nicht. Denn denselben Zweck soll in Zukunft ja auch der HOPPELPUNKT erfüllen, , und ein Satzzeichen dieser Art sollte eigentlich genügen. Ganz abgesehen davon, daß ich Sätze grundsätzlich überfliege. Aber es soll ja auch Leute geben, die sich das nicht leisten können.
Und nun etwas ganz Anderes: Gestern fragte mich jemand, auf Grund welcher Lautverschiebungsgesetze das altgriechische Wort für Fuchs, Alopex, sich zum deutschen »Fuchs« gewandelt habe. Sie wissen es nicht? Ich wußte es auch nicht, passen Sie auf: Die Vorsilbe »Alo« fällt ab, der Rest ist einfach: ≈ Pex, Pix, Pax, Pux, Fuchs ≈.
Doch ich sehe, wie gerade ein Rebhuhn an meine Scheibe klopft, ich muß schießen. Gute Nacht, liebe kleine Leser, gute Nacht!

Lieblingspredigt

Ich fand sie in der Weihnachtsausgabe des ›Göttinger Tageblatts‹, war vom ersten Satz an gefesselt und in der Mitte ganz und gar bezaubert, als der Verfasser, der verdiente Pastor Johannes Schiller, derart abrupt die längst fällige Kurve vom neckischen Beispiel zur frohen Botschaft kratzte, daß es mich fast vom Frühstückssessel gehauen hätte – aber lesen Sie selbst:

»AUSSCHAU HALTEN

Es ist eigentlich eine Schweinerei, meinte der junge Mann, als er meiner Frau sein Päckchen überreichte. Etwas befremdet packte sie aus und lachte dann vergnügt: Ein brauner Holzteller mit einem größeren Holzschweinchen für Salz und einem kleineren für Pfeffer! Damit läßt sich am Frühstückstisch allerhand Spaß treiben; ob man die Schweinchen nun auf die Hinterfüße stellt und miteinander tanzen läßt, ob man sie hinter dem Brotkorb versteckt und den anderen danach suchen läßt. Neulich hatte ich sie gedankenlos weggestellt und entdeckte sie auf ihrem Holzteller, nebeneinandersitzend und mit ihren schwarzen Punktaugen nach oben schauend. Mir war es, als stünden sie staunend auf dem Hirtenfeld zu Bethlehem, auf dem die Klarheit des Herrn aufleuchtete und dann wieder wich. Das heißt, sie wich ja gar nicht ...« genausowenig übrigens wie das Schweinchenpaar, das im Fortgang der Predigt zwar erst mal der Bibel, Ambrosius von Mailand und Jochen Klepper weichen muß, am Ende jedoch erwartungsgemäß wiederauftaucht:

»Da sollte man das ›Ausschau halten‹ nicht nur spielerisch mit den beiden Holzschweinchen darstellen ...«

Nein, sollte man nicht. Überall ist Wunderland, noch in dunkelster Nacht kann der hellste Nonsens erblühen: Ausschau halten!

WimS-Intim

24.4. Wegen Terminschwierigkeiten kann die WimS-Weihnachtsandacht erst heute stattfinden. Trotzdem ist selbst das geschäftige Mucksmäuschen still, als Leihbischof Klamm den Klappaltar entert und also beginnt: »Es begab sich aber zu der Zeit, daß ein Gebot von dem Kaiser Augustus ausging, daß alle Welt geschätzet werde – jaa, so beginnt die Weihnachtsgeschichte. Was wollen uns diese Worte sagen? Da ist Augustus, ein großmächtiger Mann, ja, ein Kaiser gar. Und was befiehlt der? Befiehlt er, daß alle Welt heruntergeputzt werde? So wie es heute ja leider Mode geworden ist? Nein. Er gebietet ausdrücklich, ›daß alle Welt geschätzet werde‹. ›Aber, aber‹, – so höre ich nun euch, liebe Zuhörer sagen ›Ist es denn überhaupt möglich, alles und jedes zu schätzen?‹ Und hören wir nicht gerade heute allenthalben Sätze wie diesen: ›Ich schätze es gar nicht, wenn man mir Rotwein über die Hose gießt?‹ Nun, meine Lieben, wer so denkt …«

»Schätze, das reicht!« schreit da Chefredakteur Zirfeld dazwischen.

»Herr Zirfeld, ich frage mich …« setzt Klamm an, »Gegenfrage«, brüllt Zirfeld, »Welches Getränk ist seit der Währungsreform nicht teurer geworden? Das Freibier, von dem ich übrigens ein Glas im Nebenzimmer habe auffahren lassen, das nun …« Und – hast du nicht gesehen? – leert sich die Kapelle. Kannst du auch gar nicht gesehen haben, lieber Leser, warst ja nicht dabei. Tja, Pech für dich, denn es wurde noch ein groooßer Weihnachtsabend …

DIE HEILIGEN DREI KÖNIGE

Kurz und uninteressant

Zu den drei heiligsten Königen wurden dieses Jahr König Gustav der Sechste Adolf, König Frederik von Dänemark und der König der Wüste gewählt. Mit dieser Ehrung ist das unkündbare Recht verbunden, kleine Heilande zu beschenken.

Wußten Sie schon

daß die heiligen Drei Königinnen ihren Männern die Sache mit dem Stern, dem diese monatelang hinterherlaufen mußten, bis an ihr Lebensende nie so recht geglaubt haben?

Variationen zu den Heiligen Drei Königen

Triftigere Fragen wirft ein Packen völlig tendenzfreier Zeichnungen auf, die allesamt um ein und dasselbe Thema kreisen: um die Heiligen Drei Könige. Ich weiß weder, wie es begann, noch wodurch es ausgelöst wurde, doch eines Tages hatten wir* es: das Heilige-Drei-Königs-Fieber.

Der Keim lag vermutlich in der Luft. Die führenden Cartoonisten jener Tage liebten es, irgendein möglichst lebensfernes Thema möglichst oft und unter striktem Verzicht auf Worte zu variieren – der Franzose Chaval den Stierkampf, der Österreicher Paul Flora den Pegasus, der Engländer Hoffnung die Orchestermusiker –, doch kommt es mir so vor, als atmeten unsere Heilige-Drei-Königs-Variationen einen teils welthaltigeren, teils dreisteren Geist als das Gros unserer Anregungen.

Welthaltiger, da wir die Heiligen Drei Könige entweder in der uns vertrauten Szenerie einer Eckkneipe agieren (Abb. 1) oder sie unsere Männerphantasien realisieren lassen (Abb. 2); dreister, weil wir ohne jeden Gedanken an Verständlichkeit oder Verkäuflichkeit ans Werk gingen. Erlaubt, ja geboten war alles, was den Mitzeichner in Erstaunen setzen oder dessen Einfall ausstechen konnte, und so traten die drei Protagonisten bei ihrem Stallbesuch mal als Fopper auf (Abb. 3), mal als Gefoppte (Abb. 4), mal als Räuber (Abb. 5), mal als Gendarm (Abb. 6), mal als Sauf- und Schmusekumpane (Abb. 7), mal als Rächer, die ihre verletzte Ehre dadurch wiederherstellten, daß sie den beiden Zeichnern in der Varziner Straße einen handgreiflichen Besuch abstatteten (Abb. 8) – links wird gerade Weigle, rechts Gernhardt zur Rechenschaft gezogen.

* (Fritz Weigle alias F. W. Bernstein und Robert Gernhardt, Anm. d. Hrsg.)

Die aber hatten eine solche Abreibung mehr als verdient. Nicht genug damit, daß sie ungezählte – der damalige Kommilitone Bernd Stolz erinnert sich: 150 – Papiere mit Heilige-Drei-Königs-Abenteuern vollgezeichnet hatten, sie waren auch dazu übergegangen, die einladend weißen Kacheln des großen Atelier-Kachelofens mittels Filzstift mit weiteren Drei-Königs-Episoden zu bemalen; und wenn alle Stricke rissen, vereinten sie ihre komischen Kräfte, um ein begonnenes Abenteuer nur ja einer wie immer gearteten Pointe zuzuführen (Abb. 9, Bild eins und zwei Weigle, Bild drei Gernhardt).

Tendenzfrei, kommerzfern – solch seliger Taumel konnte nicht ewig währen. Zwar hat keiner von uns – merkwürdig genug – auch nur einen einzigen Heilige-Drei-Königs-Strip jenes Winters damals oder in der Folgezeit ins Reine gezeichnet und zu vermarkten versucht, doch bereits beim nächsten Anfall dachten wir ab irgendeinem Zeitpunkt an Verkäuflichkeit.

Abb. 1 Gernhardt zeichnet drei heilige Zecher

Abb. 2 Weigle zeichnet drei heilige Bürstler

Abb. 3 Gernhardt zeichnet drei heilige Fopper

Abb. 4 Gernhardt zeichnet drei heilige Gefoppte

Abb. 5 Gernhardt zeichnet drei heilige Räuber

Abb. 6 Gernhardt zeichnet drei heilige Gendarmen

Abb. 7 Weigle zeichnet drei heilige Schwerenöter

Abb. 8 Gernhardt zeichnet drei heilige Rächer

Abb. 9 Weigle und Gernhardt zeichnen drei heilige Könige

DAS LIED

WimS-Intim

15.6. Jeman, Geschäftemachender WimS-Redakteur, schlägt auf der Elf-Uhr-Konferenz vor, stärker religiöse Themen zu berücksichtigen. Die Bildung unseres Volkes ließe auf diesem Gebiet sehr zu wünschen übrig, erklärt er und erzählt zur Veranschaulichung eine Geschichte, die ihm gestern zugetragen wurde:
»In der Schule sollen die Kinder ein Weihnachtsbild zeichnen. Der kleine Max malt Maria, Josef, den Heiland in der Krippe, Ochs, Esel und einen kleinen, runden, lachenden Mann. Wer denn das sei, will die Lehrerin wissen.
»Das ist Owi«, erklärt der Piefke. »Owi?« – »Ja, es heißt doch ›Stille Nacht, Heilige Nacht, Gottes Sohn, Owi lacht …‹«
Chefredakteur Zirfeld schweigt nachdenklich. Dann wendet er sich an Leihbischof Klamm: »Jeman hat recht. Bis morgen möchte ich alles Material über diesen Owi auf den Tisch haben, verstanden?«
»Verstanden«, nickt Klamm und das Redaktionsgespräch wendet sich wieder Frauen und Pferden zu.

PF,
KLOPF
IN ORDNUNG!
ICH SCHAU MAL NACH, WER DAS IST…
NA ALSO, ES STEHT VOR DER TÜR
SCHADE, GERADE, WO ES HIER GEMÜTLICH WIRD. ABER ICH SAH'S JA KOMMEN…
DEMAN

Nacht der deutschen Dichter

THEMA MIT VARIATIONEN

THEMA

Stille Nacht, heilige Nacht,
alles wacht,
Einar Schleef.

VARIATIONEN

Stille Nacht, strahlende Nacht,
alles trinkt,
Sarah Kirsch.

Stille Nacht, bildende Nacht,
alles liest,
Hermann Kant.

Stille Nacht, schwelgende Nacht,
alles ißt,
Ulla Hahn.

Stille Nacht, lockende Nacht,
alles küßt,
Erich Loest.

Stille Nacht, kreisende Nacht,
alles raucht,
Günter Grass.

Stille Nacht, endende Nacht,
alles geht,
Stefan Heym.

DAS BILD

Mutter unser die du bist im Himmel.
Georg Christoph Lichtenberg, Sudelbuch J 12

Mutter unser die du
bist im Himmel.

Der liebe Gott muß uns doch recht lieb haben,
daß er immer in so schlechtem Wetter zu uns kommt.
Georg Christoph Lichtenberg, Sudelbuch B 359

Der liebe Gott muß uns doch recht
liebhaben, daß er immer
in so schlechtem
Wetter zu uns kommt.

Kirchtürme, umgekehrte Trichter, das Gebet in den Himmel zu leiten.

Georg Christoph Lichtenberg, Undatierbare Bemerkungen 8

Kirchtürme, umgekehrte Trichter, das
Gebet in den Himmel zu
leiten.

Es geschah in Bethlehem

Der, dessen Herze klar und rein
Der sieht auf diesem Bildelein
Den Heiland in der Krippen
Ein Lächeln auf den Lippen,

Die Heiligen drei Könige,
Der Engelein nicht wenige,
Maria, Josef und sogar
Der Hirten aufgeregte Schar …

Kurz – er sieht ein Weihnachtsbild.
Was freilich nicht für alle gilt:
Denn wer im Herzen bös und hart,
Dies Bild mit finstrem Sinn bestarrt,
Der sieht statt der Genannten
Lauter Elefanten.
Schaust du den Gottessohn? Das Tier?
O Mensch, die Antwort liegt – bei dir!

Es ist ein Has' entsprungen

EINE MYSTIFIKATION

Das Paradoxon, daß ein Kunstwerk je ferner zurückblickt, je näher wir es betrachten, gilt insbesondere für die Arbeit von Joseph Beuys. Doch auch Zurücktreten hilft nicht weiter, da in seinem Fall Übersicht nicht Übersichtlichkeit zur Folge hat, vielmehr geradezu schmerzhaft vor Augen führt, wie sehr sich sein Werk, das sein Schöpfer stets als in Bewegung begriffen verstanden hat, dem feststellenden Blick, dem Wort gar, immer noch entzieht. Dennoch soll, ja muß von Beuys geredet werden, auch und gerade in diesen Weihnachtstagen.

Denn so verstörend »das Phänomen Beuys« acht Jahre nach seinem Tode noch immer anmuten mag, so unumstritten ist mittlerweile eine sein Werk durchgehend prägende Dimension, die religiöse. ›Sonnenkreuz‹ ist eine sehr frühe Plastik von 1947 betitelt, ›Kreuz und Zeichen. Religiöse Grundlagen im Werk von Joseph Beuys‹ stellte das Aachener Suermondt-Ludwig-Museum 1985 in einer der letzten Ausstellungen zu Lebzeiten des »niederrheinischen Mystikers« vor; dazwischen freilich liegen ein Lebensweg und eine Werkfolge, die alles andere als gradlinig verlaufen sind. Derselbe Künstler, der zu Beginn noch den leidenden Christus in Bronze dargestellt hatte, stellte ihn 1971 selber dar, als er während seiner Basler Aktion ›Celtic‹ sieben Personen die Füße wusch.

Beuys selber freilich mochte darin keine Imitatio Christi sehen: »Also nicht, daß ich die Rolle des Christus übernehme, sondern die Rolle des Menschen als einem, der diese Kraft hat.« Fragen wir also, wie für Beuys diese Kraft beschaffen ist, die den Menschen mit Christus verbindet. Erschöpft sie sich in der beiden gemeinsamen Passion – man denke an jenes berühmte Foto Herbert Riebesehls, auf welchem der geschlagene, aus der Nase blutende Künstler beim Aachener Fluxus-Happening von 1964 dem »wahnsinnigen Gekreisch« der Zuschauer ein Kruzifix entgegenreckt –? Oder verbirgt sich im religiösen Werk des Joseph Beuys auch eine frohe Botschaft? Wer das herausfinden will, der darf dieses Werk nicht aus gelassener Distanz betrachten, er muß sich darin hakenschlagend bewegen. Und welcher Beuyssche Bote könnte ihn dabei wendiger durch die Bildwelt seines Schöpfers geleiten als der Hase?

Im Jahre 1963 taucht der Hase erstmals auf, als Herzstück der ersten Beuysschen Aktion ›Sibirische Symphonie 1. Satz‹. »Den gekreuzigten Hasen« nennt ihn Uwe M. Schneede, und diesmal widerspricht Beuys nicht: »In der Aktionszeit tritt das Christliche ja ganz zentral auf. Schon in der ersten Aktion tritt es auf.« – »Als Christus?« wird er gefragt, und Beuys bejaht. Noch also gleicht der Hase Mensch und Heiland dadurch, daß auch er Opfer ist, doch in der Aktion von 1965, ›Wie man dem toten Hasen die Bilder erklärt‹, scheiden sich die Geister bereits: Da nimmt Beuys eine

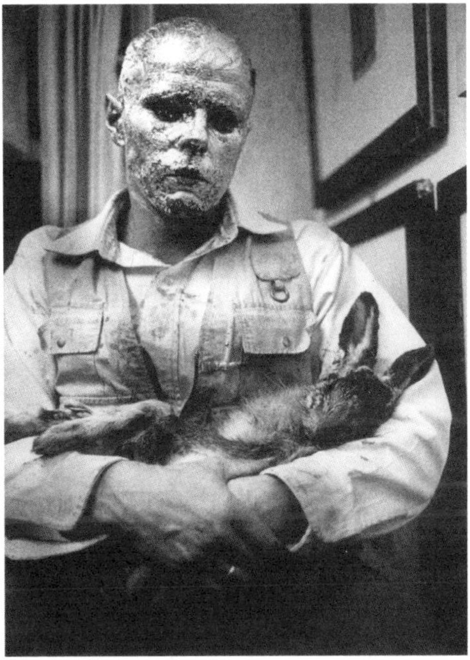

›Wie man dem toten Hasen die Bilder erklärt‹, 1965

»ikonographisch eindeutige Position – die der Pietà – ein«, da führt er das tote Tier deshalb vor die Bilder, weil es dem lebenden Menschen überlegen ist: »Der Hase weiß vermutlich besser als der Mensch, daß Richtungen wichtiger sind.« Und in welche Richtung läuft dieser Hase?

Schon 1949 hatte Beuys aus einer Zigarrenkiste und Kitt das Objekt ›Christus in der Dose‹ verfertigt, ein Titel, der unüberhörbar das Kinderlied vom »Häschen in der Grube« paraphrasiert, doch erst seit den sechziger Jahren häufen sich Parallel-, wenn nicht Gleichsetzungen von Hase und Heiland. ›Der Unbesiegbare‹ heißt ein Figurenensemble von 1963, in welchem ein Bleisoldat auf die Plastik eines Hasen anlegt – 1979 sollte Beuys dieses Motiv für den Europa-Wahlkampf der Grünen zur Verfügung stellen –: Wer dächte da nicht an den Triumphator Christus, die notwendige und alle Not wendende Gegenfigur zum Opfer Jesus?

Wie man dem lebenden Hasen den Krieg erklärt: ›Der Unbesiegbare‹, 1963

Beide Bedeutungen aber vereinen sich in der Aktion ›Eurasia‹ von 1966. Wieder steht ein Hase im Mittelpunkt, doch diesmal verharrt der Künstler nicht als Pietà, er bewegt das an Stangen gebundene, tote Tier. Jesus war für Beuys »Der Erfinder der Dampfmaschine« – so bezeichnete er ihn handschriftlich auf einer italienischen Devotionalienpostkarte –, nun setzt er selber den Hasen unter Dampf: »Der Hase ist wie ein Geschoß, ein Überbrückungszeichen durch Bewegung, der Aktion, die den starren Kunstbegriff ändert und sogar mit der Berliner Mauer fertig wird ... Wenn ich mit einem Tier agiere, ist es so, als wenn ich mit einem Gott reden würde.« Dem Hasenträger Beuys aber ergeht es so wie dem legendären Christusträger Christophoros, der unter der Last des Kindes zusammenzubrechen drohte: »Es ist folgerichtig, daß der Schweiß in Strömen von Beuys herunterrinnt, daß er wie ein Mensch in höchster Pein schaut«, schreibt Troels Andersen, ein Augenzeuge der Aktion. Nochmals Passion also – wo aber bleibt die große Freude, die allem Volke widerfahren wird? Wo die Geburt? Wo der Neubeginn?

Selbst ein so besonnener Beuys-Deuter wie Wouter Kotte schießt über das Ziel hinaus, wenn er im Beuysschen Hasen »das Transsubstantiationsprinzip« und somit »die ewige Wiederkehr« zu entdecken glaubt: »Wenn der Hase sich eingräbt, wird er sozusagen eins mit der Erde. Er will in Erde aufgehen, das heißt von Hasen-Substanz in Erd-Substanz übergehen ... Wenn der Hase sich von seinem Erdlager löst, inkarniert er sich wieder in der Hasen-Substanz.«

Das klänge plausibel, grübe der Hase sich ein. Das aber tut er im Gegensatz zum Kaninchen keineswegs, und Beuys, der Kriegskamerad, Friedensfreund und gelegentliche Mitarbeiter des bekannten Tierfilmers Heinz Sielmann, wußte dies natürlich am besten. Auch hieße es, das Beuyssche Hasenbild unzulässig zu verengen, wollte man es auf die Wiedergeburt reduzieren, was doch, ebenso wie der Künstler, als Inbild eines erweiterten Kunstbegriffs nach steter Erneuerung strebt. Wo aber wäre das verborgene Ziel dieser Bewegung zu orten?

Beuys, der sich seinem holländischen Gesprächspartner Pieter Heynen 1980 noch mit den kryptischen Worten »Ik ben de haas« vorgestellt hatte, wird 1982 ungewöhnlich deutlich, als er zu einem sehr unerwarteten Zeitpunkt »allem Volk«, also öffentlich seine

sehr persönliche frohe Botschaft verkündet, bezeichnenderweise nicht in Worten, sondern durch eine Tat.
»Eine Nachbildung der Krone von Iwan dem Schrecklichen wird von Beuys vor dem Museum Fridericianum in ein Friedenssymbol, Friedenshase mit Zubehör, umgeschmolzen«, verzeichnet die ›Beuys-Chronik‹ Götz Adrianis für den 30. Juni – und das nun ist ein ganz und gar weihnachtlicher Vorgang: Vor der Sonne des Friedens schmelzen die Reiche dieser Welt mitsamt ihren materiellen Machtinsignien dahin und werden zugleich im spirituellen Werk einer erweiterten Kunst in der doppelten Bedeutung des Wortes »aufgehoben«. Fragt sich nur, warum Beuys diese Aktion nicht am Weihnachtstag selbst durchgeführt hat, sondern zu einem Zeitpunkt, der die denkbar größte zeitliche Distanz zum 24. 12. markiert. Da im Werk dieses Künstlers nichts zufällig ist, liegt die Antwort auf der Hand: Wem es mit dem Frieden auf Erden ernst ist, lehrt Beuys, der wird jeden Tag des Jahres zu einem Fest des Friedens machen müssen. Sein Hase steht, besser: läuft, also für nichts Geringeres als für einen radikal erweiterten Weihnachtsbegriff.

Als er in der Dresdner Gemäldegalerie das Bild »Heilige Nacht« von Correggio betrachtete

Die Maler, sie malen, was wir uns zu denken nicht wagen.

Der Maler Correggio zum Beispiel, er malt
eine »Heilige Nacht« samt blitzjungen Engeln,
die diesen Vorgang von oben betrachten.

So wandert der Blick von Mutter und Kind
wie von selbst in die linke obere Ecke
und landet zwischen gespreizten Schenkeln.

Einer der Engel nämlich, von hinten
gesehn, ist dabei, jenes Tüchleins
verlustig zu gehen, das ihn bis jetzt deckte.

Nun aber spreizbeinig in rascher Bewegung
rutscht all der Stoff – ach, es fehlte nicht viel,
und wir blickten in beide, in Piloch und Poloch.

Ging noch mal gut. Der Maler war schneller.
Pobacke, Pofalte, mehr zu sehn ist nicht,
da sein Pinsel es bremste, das rutschende Tuch.

Freilich nur auf dem Bild. Im Kopf
rutscht es weiter, fällt – flatsch! – auf die Krippe,
von der die Madonna benommen aufschaut.

Geradewegs in das Dunkel der Blößen
des Engels, der weheklagend verschwindet,
zur Freude Marias, zu unserm Bedauern.

Wir hätten ja gerne noch mehr und noch länger,
angefeuert von Correggios »coraggio« –
und das meint schlicht: Mut – uns im Dunkel verloren.

Doch alles zu malen, wagen sie denn doch nicht, die Maler.

DAS FEST

Schweinchen

EIN ANSATZ

Den Mißerfolg hatte er nie gefürchtet, wohl aber die Erfolglosigkeit. Der Mißerfolg war der verfehlte Erfolg, ein Tiefpunkt, der noch Hoffnung auf den Erfolg zuließ. Der mochte im erneuten Anlauf wieder verfehlt werden, doch von einem Tiefpunkt aus gab es immer ein Höher. Die Erfolglosigkeit aber war die Tiefebene. Nicht einmal die. Sie bedeutete nicht so sehr ein Tief als vielmehr die Unmöglichkeit eines Höher. Wie aber konnte jemand in der Gewißheit leben, daß es nicht mehr bergauf ging?

Der Mißerfolg kommt rasch und schmerzhaft. Da ist der Anlauf, der Absprung, da reißt die Latte. Wäre die Latte liegengeblieben, der Springer hätte die Arme hochgerissen. Er hat aber die Latte gerissen, jetzt läßt er den Kopf hängen. Doch richtet er den rasch wieder auf. Er hat ja noch zwei weitere Versuche. Danach freilich ist der Mißerfolg total. Aber selbst total ist er nicht nichts, richtiger: immerhin noch etwas, eigentlich alles. Alles ist schiefgegangen, das heißt auch, daß alles wieder klappen kann. Neues Spiel, neues Glück.

Die Erfolglosigkeit aber kommt langsam und schmerzlos. Gleich dem Ziehen im Zahn tut sie nicht weh, sondern etwas Schlimmeres: sie kündigt den Schmerz lediglich an.

Schmerz doch, fleht der Betroffene den Zahn an. Ein unbestimmtes Ziehen ist die Antwort. Morgen gehe ich zum Zahnarzt, schwört der Betroffene. Da setzt das Ziehen aus. Der Betroffene fühlt sich nicht mehr betroffen und fährt in Urlaub. Da, an einer gottverlassenen Küste, meldet sich das Ziehen wieder. Der Betroffene hat es kommen sehen, nun malen sich ihm die levantinischen Zahnbrecher, denen er sich aller Voraussicht nach anvertrauen muß, von Tag zu Tag schlimmer. Doch der Alkohol, dem er während des Urlaubs eigentlich entsagen wollte, hilft ihm über die Zeit. Endlich darf er zurückfliegen, da, bei der Landung auf dem Heimathafen, spürt er überhaupt nichts mehr. Der Zahn hat ja

Zeit. Spätestens bei den nächsten Feiertagen wird er sich wieder melden.
Auch die Erfolglosigkeit nimmt sich viel Zeit, grad so viel, wie sie braucht, um ganz sie selbst zu werden.
Er könnte ein Lied davon singen. Soll er?
Er hat den Mißerfolg früh kennengelernt; zur gleichen Zeit begann er damit, sich von den Erfolglosen fernzuhalten.
Nehmen wir nur Schweinchen, seinen Bettnachbarn im Kinderheim. Der wäre gerne sein Freund gewesen, doch wie konnte er der Freund von jemand sein, den alle Schweinchen riefen, er selber mit eingeschlossen?
Und wer ist der da? hätte ja jemand fragen können, Ach der! wäre die Antwort gewesen, Das ist der Freund von Schweinchen. Dabei hatte Schweinchen natürlich auch einen richtigen Namen gehabt, nur welchen? Er hatte später häufig darüber nachgedacht, stets ohne Erfolg.
Erfolglos hatte Schweinchen um seine Freundschaft geworben, erfolgreich hatte er Schweinchen in seine Schranken verwiesen. Und das, obwohl sie doch zum Bodensatz des Kinderheims zählten, zu den Flüchtlingskindern.
Vor dem Krieg war das Kinderheim für verhuschte und schwierige Kinder bestimmt gewesen sowie für das gute Geld der zahlenden Eltern. Doch dann hatte man nach dem Krieg auch Kinder aufnehmen müssen, die kein Geld einbrachten. Das wurde denen heimgezahlt.
Wer wurde zum Mülleimerschrubben eingesetzt, mitten im Winter auf zugigem Hof? Schweinchen und ich.
– Sagtest du ich? Ja, wieso?
– Nur so.
Wer wurde losgeschickt, um im Leiterwagen die großen Mehlsäcke …
– Mehl- und Zuckersäcke.
Ja, richtig! Pralle Mehl- und Zuckersäcke waren es gewesen, die man uns im Depot aufgeladen hatte, nun zogen wir den schweren, unhandlichen Wagen gegen den Frühlingssturm, zwei ausgehungerte Siebenjährige, die nicht zu spät zum Abendessen kommen

wollten und daher die Abkürzung zum Kinderheim gewählt hatten, den Uferpfad längs des reißend geschwollenen Baches. Wir hatten das Heim fast erreicht, als es passierte. Durch eine Ungeschicklichkeit …
– Sag ruhig: durch Schweinchens Ungeschicklichkeit.
Ach, so genau weiß ich das gar nicht mehr.
– Damals klang das aber anders.
Wann?
– Als du den Schwestern erzähltest, wie es zu dem Unglück hatte kommen können.
Stimmt, da war ich klagend ins Heim gelaufen und hatte anklagend auf Schweinchen gezeigt, der immer noch die Deichsel umklammert hielt, obwohl nicht daran zu denken war, das eine schwache Kind könne den zur Hälfte von reißendem Wasser umspülten Wagen wieder an Land ziehen, wo doch nicht einmal zwei Kinder hatten verhindern können, daß er in einem Moment der Unachtsamkeit vom Wege abgekommen war. Da hatte ich wohl auch …
– Da hast du …
Ja, da habe ich jede Verantwortung weit von mir gewiesen, jedenfalls so weit, daß sie am nächstbesten hängen blieb: Der war's! Bestraft ihn! Seht: Er hat ja noch die Deichsel in der Hand!
– Die du losgelassen hattest, um eher bei den Schwestern sein zu können.
Dem kann ich nicht widersprechen.
– Gemeinsam hätten wir die Karre vielleicht noch aus dem Dreck ziehen können.
Das bezweifle ich. Und das Mehl und der Zucker wären davon auf keinen Fall wieder trocken geworden.
– Sicherlich nicht. Aber möglicherweise wäre ich nicht ohne Abendessen ins Bett geschickt worden, wenn wir zu zweit und mit dem Wagen heimgekehrt wären.
Du hast nichts zu essen bekommen?
– Aber das weißt du doch!
Ja, ich weiß. Die Erziehungsmethoden des Heimes waren schlicht, aber probat: Schlafgebote an Nachmittagen und Essensverbote zu

allen Tageszeiten. Sehr wirkungsvoll, da es ohnehin bereits so wenig zu essen gab, daß nach dem Weihnachtsmahl bei der englischen Armee, der ersten habhaften Mahlzeit seit Monaten, fast alle der kleinen Gäste so gut wie alles wieder von sich gaben. Einfach nichts mehr gewohnt, woher auch? Fleisch gab es nur sonntags, allerdings durfte jedes Kind die karge Portion auch selber verzehren. Nicht so die Süßspeise, jene immergleichen und hochersehnten, während des nicht enden wollenden Gottesdienstes in allen Einzelheiten ausgemalten Karamelbonbons. Drei teilte die Schwester Lieselotte an jedem Sonntag an jedes Kind aus, eines aber wurde ebenso zuverlässig von der nachfolgenden Schwester Emmy wieder eingesammelt. Als vorgeblich freiwillige Spende war dieses Bonbon für Kinder gedacht, die es angeblich noch schlechter hatten als wir, für die kleinen Neger: Jahre später, bei sogenannten Missionsgottesdiensten, lernte ich die Beschenkten kennen, wenn auch nur stark verkleinert. Kaffeebraune, trolläugige Mohren aus Metall nickten dankbar mit dem Kopf, wenn ein Groschen den Schlitz passierte, vor welchem sie voller Demut in die Knie gegangen waren, sauber herausstaffiert und die kleinen, dunklen Hände zum Gebet gefaltet: Abgreifer. Weitere Jahre sollten vergehen, bis ich begriff, daß auch die armen Mohren nur Bauern in dem kranken Spiel interessierter Kreise gewesen waren, uns kleine, gottvergessene Heiminsassen zu konditionieren: Ein schlechtes Gewissen derer da unten ist nun mal traditionell das beste Ruhekissen derer da oben. Um das herzustellen, bedienten sich die Schwestern eines ebenso bewährten wie alten Instrumentariums, dem wir Jungen nichts entgegenzusetzen hatten, jedenfalls nicht, solange das Licht brannte und wir, bereits in den Betten sitzend, unter den Augen von Schwester Emmy im Chor vor den alles sehenden und allwissenden Gott treten mußten: »Hab ich Unrecht heut getan, sieh es, lieber Gott, nicht an.«
Dann aber! Kaum ist das Licht gelöscht, verwandelt sich die lammfromm leiernde Schar in einen hitzig tuschelnden Haufen, wobei jeder den Schutz der Dunkelheit nutzt, um denkbar schwärzeste Finsternisse heraufzubeschwören: »Und als meine Mutter die Sauerkrautbüchse aufmachte, waren da im Sauerkraut zwei kleine

Babyhände drin!« – »Warum?« – »Och, Schweinchen, das weiß man doch! Weil es Kindermörder gibt und weil die ermordete Kinder als Dosenfleisch verkaufen.«
Wir glauben Hans aufs Wort und stimmen Manfred zu, der darauf hinweist, daß er schon einmal in einem Würstchen einen ganzen Finger gefunden hat. Mit Fingernagel!
»Warum?« – »Och, Schweinchen! Weil der Massenmörder Haarmann doch Fleischer war!«
Und während noch die Mischung von Wurst – hmmm – und Finger – iihh – die Schar der Zuhörer beschäftigt, versucht auch Schweinchen sein Glück und erzählt, wie der Massenmörder Haarmann seine Mutter umgebracht hat: Er habe sie veranlaßt, in einen Keller herunterzusteigen und ihr dabei eine Falltür auf den Hinterkopf geknallt. »Und dann ist sie die Treppe runtergefallen und hat sich das Genick gebrochen, und dann hat der Haarmann ...« – »Och, Schweinchen! Jetzt lügst du aber!«
Verstockt besteht Schweinchen auf seiner Geschichte, kalt läßt Manfred ihn auflaufen: »Deine Mutter ist doch eine Frau.«
»Natürlich«, ereifert sich Schweinchen.
»Dann ist sie nicht von Massenmörder Haarmann ermordet worden, der hat nämlich nur Männer totgemacht.«
Noch einmal begehrt Schweinchen auf, da, mitten in seinem fast flehenden Satz, flammt das Licht auf, und während ringsum alle Tiefschlaf vortäuschen, verkündet Schwester Emmy dem entgeistert starrenden Schweinchen das Urteil wegen nächtlicher Ruhestörung in Tateinheit mit Ungehorsam: einmal Frühstücksentzug und Schlafstrafe an einem Sonntagnachmittag.
– An zwei Sonntagnachmittagen. Und nenn mich nicht dauernd Schweinchen!
Wie hieß der nur? Und was mag aus ihm geworden sein?

Ein Dreifach-Tusch für Wilhelm Busch

Ich lernte Wilhelm Busch im Alter von acht Jahren kennen und es war Liebe auf den ersten Blick. Wir schreiben das Jahr 1945, ein Jahr, in dem ich weit herumgekommen bin. Im Januar die Flucht aus Posen, dem heutigen Poznan, zusammen mit der Mutter und zwei jüngeren Brüdern – der Zwischenaufenthalt im thüringischen Bad Blankenburg – erneuter Aufbruch, als deutlich wird, dass die Amerikaner den Russen weichen werden – glückliche, ja beflügelte Sommertage auf dem Lande bei Hannover, dem Wilhelm-Busch-Land, wie ich heute weiß – dann der Sturz:

Da es schien, als seien dort Ausbildung und Ernährung gesicherter als auf dem platten Lande, kam ich in ein Kinderheim in Bückeburg, das von überwiegend bigotten und lieblosen Schwestern geleitet wurde, dem typischen Wilhelm-Busch-Personal, wie ich es heute einschätzen würde. Graue Wintertage, ein Weihnachtsfest, das trist zu werden drohte, dann aber von einem jähen Lichtstrahl erhellt wurde. Mein in Bückeburg wohnender älterer Vetter Arne schenkte mir Wilhelm Buschs Bilderepos »Die fromme Helene«, und auf einmal wichen die Mauern des Heims zurück, der Blick weitete sich und überschaute gleichzeitig ungeahnte Zeiten, fabelhafte Orte und packende Schicksale.

»Wie der Wind in Trauerweiden
Tönt des frommen Sängers Lied,
Wenn er auf die Lasterfreuden
In den großen Städten sieht.

Ach, die sittenlose Presse!
Tut sie nicht in früher Stund
All die sündlichen Exzesse
Schon den Bürgersleuten kund?!

Offenbach ist im Thalia,
Hier sind Bälle, da Konzerts.
Annchen, Hannchen und Maria
Hüpft vor Freuden schon das Herz.«

Offenbach ist im Thalia! Ich begriff kein Wort, und da war auch niemand, den ich um eine Erklärung hätte bitten können, schon gar nicht die Schwestern, die mir das scheinbar harmlose Bilderbuch nach gründlicherer Prüfung vermutlich rigoros entzogen hätten. So las ich denn alleine weiter mit roten Ohren, heißem Herzen und wachem Verstande.

Vor dem Fest

Lieber guter Weihnachtsmann...
... schau mich nicht so böse an...
... lass die Rute in dem Sack!
... sonst wird sie dir abgezwackt.

Krach in Lorch

Das herausragende Ballereignis in Lorch war auch heuer wieder die Schwarze Messe, mit der die Lorcher Teufelsanbeter wie schon in den Vorjahren das heilige Weihnachtsfest schändeten.
In der geschmacklos dekorierten Saufkapelle von St. Nautilus empfing Hohepriester EMMICH Bundesbrüder, Sympathisanten und Duzfreunde aus allen Himmelsrichtungen.
Da war der Geschäftsführende Oberdruide McLEANH, der Irland vertrat und auf mich einen recht abgespannten Eindruck machte. Er taperte etwas und versagte völlig, als er das Weihwasser in Whisky verwandeln sollte. Mal wurde es Schorle, mal Schlippermilch und erst Frau GNEISL, eine mir bisher unbekannte Kräuterhexe aus der Gegend um Landshut, rettete die Feier, indem sie nach einigen mißlungenen Abrakadabras einen ganz passablen Magenbitter zusammenbekam.
Munter wie immer: KARL, der Tiroler Waldschrat. Er war diesmal ohne seinen giftgrünen Tarnanzug gekommen und fiel erst übel auf, als er die Schwarze Messe durch unqualifizierte Zwischenrufe wie »Nicht vergessen: Heute ist uns der Heiland geboren« zu stören suchte. Auch bei der anschließenden Orgie klappte nicht alles. Die ungewöhnlich zahlreich vertretenen Gnome hatten die wenigen Hexen schnell völlig in Beschlag gelegt, spielten auf ihnen Hasch-mich über Eck, und wer – wie ich – leer ausgegangen war, dem blieb nichts anderes übrig, als sich an die vorzügliche kalte Platte zu halten und dort etwas mit alten Bekannten zu lästern. Dabei wurde ich übrigens noch Zeuge, wie es dem aufmerksamen Saalschutz gelang, einen vom Vatikan eingeschleusten Spion unschädlich zu machen. Monsignore PITTER nützte auch seine Verkleidung als SAMIEL wenig. Ein unbedachtes »Pfui Deibel« verriet ihn, und im Handumdrehen war er in eine brandrote Kröte verwandelt, die sich betreten aus dem Kreis der Feiernden davonstahl.
Tschühüss, und bleibt munter
solong – Euer

Gunter

Gunter notiert

Glück

HAT DIE LITERATUR FOLGEN?

I

Ich hatte gar nicht die Absicht gehabt, das Buch zu kaufen, doch als ich dann den Stapel im Taschenbuchladen sah, dachte ich, es müßte doch hübsch sein, mal wieder »Fiesta« zu lesen. Das Buch hatte mich mal mächtig beeindruckt, doch da war ich vierzehn gewesen, und nun war ich fünfundvierzig und wußte gar nicht mehr, worum es in dem Buch eigentlich ging, außer, daß da einige tolle Leute zur Fiesta nach Pamplona fuhren und sehr viel feierten und tranken und daß da eine schöne Frau drin vorkam. Ich kaufte das Buch also, und es war noch immer das rororo-Taschenbuch Nummer 5, und ich las gerade im Impressum, daß es 1950 das erste Mal aufgelegt worden war und nun eine Auflage von 548 Tausend Stück erreicht hatte, da berührte jemand meinen Arm.

Es war Carola, eine Frau, der ich mal über den Weg gelaufen war, und als ich sie sah, fiel mir ein, daß Hemingway mal gesagt hatte, er sei jedesmal traurig, wenn er eine Frau sehe, mit der er mal geschlafen hatte, aber eigentlich war das gar nicht Hemingway gewesen, sondern eine Figur, die er sich ausgedacht hatte, in »Der Schnee vom Kilimandscharo«, und wahrscheinlich hatte er das mit der Traurigkeit auch erfunden.

»Na, das ist ja mal ein Zufall«, sagte Carola. »Was machst du denn hier?«

»Ich habe gerade ein Buch gekauft«, sagte ich und zeigte ihr »Fiesta«.

»Hemingway? Ich habe noch nie etwas von Hemingway gelesen.«

Sie war sechsundzwanzig Jahre alt und hielt ein Kinderbuch in der Hand.

»Dafür liest du wohl das da?« fragte ich.

»Nein, das ist für meine Schwester. Sie hat gerade ein Kind bekommen.«

»Reichlich früh für das Baby.«
»Das wird auch mal älter.«
Ich schaute Carola an, doch um ihre Augen standen keine Fältchen, und sie lachten auch nicht, die Augen meine ich.
»Ich muß weiter«, sagte ich.
»Ich komm mit raus«, sagte Carola.
Wir standen noch etwas vor der erleuchteten Buchhandlung und sahen den Leuten zu, die hineingingen und mit Büchern wieder herauskamen. Es war ein Tag vor Weihnachten, und da gingen die Leute in die Buchhandlungen, um Bücher zu kaufen.
»Wie geht denn dein Buch?« fragte Carola.
»Geht riesig. Verkauft sich wie warme Semmeln. Hast du schon mal warme Semmeln gekauft?«
»Nein. Gibts denn überhaupt noch warme Semmeln?«
»Nein«, sagte ich, »nur noch tiefgefrorene.«
»Wird schon werden«, sagte Carola, »ich muß los. Sieht man sich mal?«
Ich zuckte die Achseln, und sie küßte mich auf die Wange, und dann sah ich ihr nach, wie sie sich im Gedränge der Fußgängerzone verlor.
Noch am selben Abend fing ich an, »Fiesta« zu lesen, und ich hatte gleich eine Menge Spaß daran. Ich mochte die Figuren, die Hemingway sich ausgedacht hatte, den Juden Robert Cohn und den Journalisten Jake Barnes, und ich fand diese ganzen Pariser Bars und Restaurants toll und die Tatsache, daß sie alle beim Namen genannt wurden und kursiv gesetzt waren, das *Restaurant de l'Avenue* und das *Café de Versailles* und das *Foyot* und das *Napolitain* und all die anderen, wo man prima aß und nach dem Mokka noch mehrere *fines* oder *pernods* trank. Ich rechnete nach, daß Hemingway etwa fünfundzwanzig Jahre alt gewesen sein mußte, als er das Buch 1925 geschrieben hatte, und ich dachte, daß das ein Alter ist, in dem man noch mächtig stolz ist, wenn man weiß, was ein *fine* ist, und sich in Paris auskennt, besonders, wenn man aus Amerika kommt und für Amerikaner schreibt, die das alles nicht wissen und kennen.
Ich kam so ungefähr bis Seite 17 und las noch gerade, was *pernod*

ist, »Pernod ist ein grüner Absinthersatz. Wenn man Wasser zugießt, wird er milchig. Er schmeckt wie Lakritzensaft«, und dann legte ich das Buch beiseite, weil ich zu müde war, um weiterzulesen, und löschte das Licht, noch bevor Almut von ihrem Malerinnentreff zurückgekommen war.

2

Am nächsten Tag fuhren wir mit den Katzen nach Göttingen zu meiner Mutter, um dort Weihnachten zu feiern. In Frankfurt war es naß und grau gewesen, doch je mehr wir uns Göttingen näherten, desto weißer wurde die Landschaft. Wir kamen noch vor Einbruch der Dunkelheit an, und meine Mutter kam im Küchenmantel aus der Haustür, und dann kamen meine Brüder und die Frauen meiner Brüder, und wir begrüßten uns alle und rechneten nach, wann wir das letzte Mal so vollzählig zusammengewesen waren. Wir kamen zu keinem Ergebnis, weil die Berechnungen so auseinanderlagen, und auch ich konnte mich nicht mehr erinnern, außer daran, daß ich nur zwei Mal in meinem Leben Weihnachten nicht zuhause gewesen war. Dann wurden wir alle zu Tisch gebeten, und es gab Gänsebraten und *Einbecker Pils* und wir stießen alle mit einem *Hardenberger Doppelkorn* an. Die Gans war erstklassig, sie ließ sich leicht zerteilen und war doch fest und fleischig, und wir aßen große Stücke, weil nach der ersten Gans noch eine zweite kam, und die war genau so gut, vielleicht sogar noch besser.

»War das nicht eine verdammt gute Gans?« fragte mein Bruder.

»Waren zwei verdammt gute Gänse«, sagte ich.

»Ist schon ein verdammt gutes Muttchen«, sagte mein anderer Bruder.

»Sagt das eurer Mutter doch auch mal«, sagte die Frau meines Bruders, und als meine Mutter aus der Küche mit neuem Sauerkraut kam, sagten wir ihr: »Bist schon ein verdammt gutes Muttchen.«

Danach gab es noch Walnußeis, und dann wurden die Kerzen an-

gezündet, und es war Bescherung, und ich bekam ein fabelhaftes Buch über Tibet, und wir hatten alle viel Spaß. Dann sahen wir uns im Fernsehen noch drei jüdische Geiger an. Sie spielten etwas von jemandem, dessen Namen ich vergessen habe, ich glaube, es war Vivaldi. Sie spielten fabelhaft zusammen, und wir fanden es alle großartig und wunderten uns nur, warum zwei Geiger standen und einer sitzen durfte, doch beim Schlußapplaus stand auch er auf, und da sahen wir, daß er sich auf Krücken stützen mußte.
Es war spät, als wir in die Zimmer gingen, und als ich im Bett lag, war ich zu müde, um noch in »Fiesta« zu lesen. Ich las nur noch den Text auf der Rückseite des Buches, und da stand, daß die Gestalten Hemingways als Außenseiter des bürgerlichen Lebens, in das der Tod sie wieder entließ, eine die nackten Freuden des Daseins suchende Existenz führen. Ich versuchte, mir die angezogenen Freuden der Innenseiter des bürgerlichen Lebens vorzustellen, aber es ging nicht, und als ich die Augen schloß, ging es immer noch nicht, und ich gab es schließlich auf.

3

Es war der erste Weihnachtsfeiertag, und als ich die *Kaffeemühle* betrat, saß Günner schon an der Theke und trank ein *Berliner Kindl.* Ich bestellte einen *Edelzwicker* und gab Günner das Buch, das ich ihm versprochen hatte.
»Das ist also dein Buch«, sagte er.
»Ist es.«
»Allzu dick ist es ja nicht.«
»Das liegt am dünnen Papier.«
»Hat wohl kein Geld, dein Verlag.«
»Dickes Papier wäre billiger gewesen.«
»Ach ja? Ist das so?«
»So ist es.«
Wir hatten uns ein Jahr lang nicht gesehen, aber ab einem bestimmten Alter scheint ein Jahr keine besonders lange Zeit mehr zu sein. Wir amüsierten uns jedenfalls glänzend und rollten die

ganze Geschichte noch einmal auf, angefangen von der Aufnahmeprüfung in die Oberschule, wo wir wegen der im Alphabet aufeinanderfolgenden Anfangsbuchstaben unserer Nachnamen nebeneinander gesessen hatten, bis hin zum Weihnachtstreff im letzten Jahr.

»Wir hatten eine Menge Spaß, erinnerst du dich noch?« fragte ich.

»Du vielleicht. Ich nicht.«

»Komm! Du hast doch auch ganz schön was weggeschluckt.«

»Bei der Aufnahmeprüfung? Da gabs doch überhaupt nichts zu trinken!«

»Nein, vor einem Jahr.«

»Ach da! Da ja!«

Dann gingen wir zur Kurzen Geismar Straße und suchten nach einem Weinlokal, doch die Lokale waren wegen der Feiertage alle geschlossen, und schließlich landeten wir in der *Junkernschänke* und ließen uns zwei *Elsässer Riesling* bringen.

»Was hast du denn das ganze Jahr über erlebt?« fragte Günner.

»Ich? Jede Menge. Nein wenig. Ich glaube, nichts. Muß mit dieser verdammten Erlebnisfähigkeit zusammenhängen. Hab immer gedacht, daß die zunimmt. Nimmt sie aber nicht.«

»Was nimmt sie dann?«

»Ab, fürchte ich.«

»Und ob die abnimmt.«

»Dafür nehmen wir zu.«

»Na, du kannst doch nicht klagen.«

»Du doch auch nicht.«

»Und ob ich das kann. Möchte den sehen, der mir das Klagen verbietet.«

»Verbietet dir ja keiner.«

»Will ich auch keinem geraten haben.«

Wir bestellten noch zwei *Riesling.* Der Ober ließ sich Zeit, obwohl er außer uns niemanden zu bedienen hatte. Es war ein ziemlich leeres Lokal, wenn man mal von Günner und mir absah. Hätten wir nicht dringesessen, wäre es ganz leer gewesen.

»Was machst du denn gerade?« fragte Günner.

»Ich lese Hemingway«, sagte ich, »›Fiesta‹.«
»Ach, ›Fiesta‹!«
»Hast du es damals auch gelesen?«
»Klar. Haben wir doch alle gelesen damals. 53 oder 54. Prima Buch.«
»Ich habs schon 52 gelesen.«
»Ich wahrscheinlich auch. Klassebuch. Worum gehts da eigentlich?«
»Das wollte ich dich gerade fragen«, sagte ich.
»Ich denke, du liest das Buch.«
»Ich habs gerade erst angefangen.«
»Ach so. Ja, das ist doch diese Geschichte mit diesem impotenten Journalisten.«
»Der ist impotent?«
»Kriegsverletzung. Steht doch im Buch.«
»Bin noch nicht so weit.«
»Verdammt gutes Buch. Möchte es nicht noch mal lesen. Muß schlimm sein.«
»Halb so schlimm.«
Um zwölf schloß die *Junkernschänke,* und wir gingen zu *Heinz,* doch der hatte auch geschlossen, und so landeten wir bei Günner, der einen *Müller Thurgau* aus dem Kühlschrank holte und eingoß.
»Ich fürchte, der will nicht aus der Flasche«, sagte er.
»Sieht ziemlich vereist aus«, sagte ich.
»Hätte ihn vielleicht nicht ins Kühlfach legen sollen.«
»Wird schon auftaun.«
Wir warteten darauf, daß der Wein auftaute, und ich schaute mich in der Wohnung um. Es war die Wohnung von Günners Eltern, und an der Wand hing eine gemalte Dschunke, und rechts unter der Dschunke las ich das Wort Ahrens. Ahrens war mein erster Zeichenlehrer gewesen. Ich hatte ihn damals für einen fabelhaften Maler gehalten, doch die Dschunke war ein ziemlich jämmerliches Schiff, eigentlich mehr eine Tuschezeichnung.
»Klassebild«, sagte Günner.
»Man muß sich nur das Schiff wegdenken«, sagte ich.

»Denks mir schon die ganze Zeit weg, doch wenn ich hingucke, ist es wieder da.«
»Was macht denn eigentlich dein Schiff?« fragte ich.
»Hab ich schon lange nicht mehr.«
»Dieses Schiff da wird uns alle überdauern«, sagte ich. »Kunst meint Dauer.«
»Dauers Meinungen können mir verdammt gestohlen bleiben.«
»War nicht so gemeint, alter Junge.«
»Schon gut. Bist ein feiner Kerl.«
Dann sprachen wir noch über Bennecke die Panzersau und darüber, was aus ihm geworden war und ob er noch immer zur See fuhr. Mein Taxi kam, und wir traten vor das Haus und umarmten uns.
»War ein prima Abend. Hab schon lange nicht mehr so viel Spaß gehabt«, sagte Günner. »Eigentlich seit der Aufnahmeprüfung nicht mehr.«
»Wir hätten sie nur nicht bestehen dürfen«, sagte ich.
»Stimmt, das war unser Fehler. Jetzt sitzen wir in der Falle.«
»Sie ist schon teuflisch schlau.«
»Wer?«
»Die Gesellschaft. Duldet keine Außenseiter. Krallt sich bereits die Zehnjährigen. Müßte eigentlich verboten werden.«
Der Taxifahrer klopfte an die Scheibe.
»Auf Wiedersehn, alter Kerl«, sagte Günner.
»Auf Wiedersehn, mein Junge.«
Als ich nach Hause kam, war ich noch so aufgekratzt, daß ich noch etwas in »Fiesta« las. Auf Seite 21 trat Brett auf, und auf Seite 32 wußte ich wieder alles: daß Brett wunderschön war und in Jake verliebt und er in sie, und daß beide schrecklich unglücklich waren, weil sie nicht miteinander schlafen konnten, all das. Ich wunderte mich, daß ich das alles so vollständig vergessen hatte, aber man kann wohl nicht alles behalten, und vielleicht ist das auch besser so.

4

Den zweiten Weihnachtsfeiertag über tat ich nichts und kam mit dem Buch gut voran. Es ging gleich großartig los, mit dem fünften Kapitel und dem Satz »Am anderen Morgen ging ich den Boulevard hinunter in die Rue Soufflot, um Kaffee und Brioches zu frühstücken«, und kurz darauf ging man schon zu *Wetzel,* »Man kriegt dort gute Hors d'œuvres«, und dann gings ins *Café de la Paix* zum Kaffee und abends gings zum Montparnasse, »Das Auto hielt genau vor der *Rotonde.* Ganz gleich, welches Café auf Montparnasse man dem Taxifahrer immer nennt, er fährt einen zur *Rotonde*«, doch Jake ging lieber »hinüber ins *Select*« und dann später noch ins *Dôme* und in die *Lilas* und zu *Cavaigne* und *zu Zelli*, und die ganze Zeit über traf er andere Außenseiter der Gesellschaft und führte mit ihnen diese verdammt coolen Gespräche, bei denen keiner sagt, was er fühlt, sondern immer das Gegenteil, und wenn sie dann auch noch ständig die Personalpronomina verschluckten und »Hör mal Brett, wollen früh nach Hause gehen« sagten oder auf die Frage »Wo hast du den Hut her« mit »Freund gekauft« antworteten, dann konnte einem das manchmal schon ganz schön auf die Nerven gehen. Aber vielleicht war daran auch Annemarie Horschitz-Horst schuld, die Übersetzerin, die einen »drummer« mit »Trommler« übersetzte und von Buchen behauptete, »Ihre Wurzeln bäumten sich über den Boden«, und die den Forellen angelnden Jake sagen ließ »In kurzem hatte ich sechs«. Denn mittlerweile waren Jake und der Schriftsteller Bill schon in Spanien, und bald würde die Fiesta in Pamplona losgehen, und dann wollten sie sich alle wieder treffen, Jake und Bill und Robert und Mike und natürlich Brett, die mir immer besser gefiel wegen der Fältchen um die Augen und weil sie so schön und burschikos und unglücklich war, obwohl sie jeden Mann kriegen konnte, den sie haben wollte. Sie wollte aber nur Jake haben, und wenn der sie küßte, dann zitterte sie. Auch das hatte ich vergessen, aber nun erinnerte ich mich wieder, und ich erinnerte mich auch an andere Sätze aus anderen Büchern Hemingways, zum Beispiel an »Ich tauschte sie ein gegen eine scharfe armenische Nutte«, und daran, daß die »kein Kissen unter dem Hin-

tern« gebraucht hatte, als sie miteinander schliefen, oder daran, wie die Alte das Liebespaar aus »Wem die Stunde schlägt« nach ihrer ersten Nacht fragt »Hat die Erde gebebt?« und die beiden sagen »Ja«. Damals, mit vierzehn, hatte ich das alles wörtlich genommen, das Zittern und das Kissen und das Erdbeben, und später hatte das eine Menge Wirrnis und Enttäuschung zur Folge gehabt, als nicht das Mädchen beim ersten Kuß zitterte, sondern ich, und als ich ein Kissen herbeiholte, das dann gar nicht gebraucht wurde, und als die Erde nicht bebte. Ich finde, jemand sollte mal die wahre Geschichte über die Folgen der Literatur schreiben, auf jeden Fall sollte erstmal das Gewäsch aufhören, das immer verzapft wird, wenn mal wieder die Folgenlosigkeit der Literatur beklagt wird, in Funknachtprogrammen oder in Zeitschriften, oder wo man sonst das Thema »Hat die Literatur Folgen?« breitwalzt.
Am Nachmittag machten wir alle einen Spaziergang zum Elefantenklo, das eigentlich ein Wahrzeichen war und »Bismarckstein« hieß, und dann gabs wieder was zu essen, und dann sahen wir uns im Fernsehen noch einen italienischen Psychothriller an, der aber nicht sehr gut war.
Vor dem Einschlafen las ich noch das siebte Kapitel des Zweiten Buches von »Fiesta«, in dem Jake nicht einschlafen kann und nochmal das Licht andreht und eine Geschichte aus Turgenjews »Aufzeichnungen eines Jägers« liest: »Ich wußte, daß ich mich in meinem überreizten Zustand nach viel zu viel Alkohol auf das jetzt Gelesene in irgendeinem Augenblick mal besinnen und glauben würde, daß mir alles selbst passiert sei.« Ich glaubte Hemingway kein Wort, weil mir sowas noch nie passiert war, doch als ich das las, fiel mir ein, daß ich noch nie etwas von Turgenjew gelesen hatte, und ich nahm mir vor, mal etwas von ihm zu lesen.

5

Als wir auf die Autobahn kamen, regnete es noch, doch kurz darauf riß der Himmel auf, und das Grün der Wintersaat glänzte in der Sonne. Bald darauf war alles wieder bewölkt, und der Regen

behinderte die Sicht. Wir fuhren immer weiter nach Norden und hörten im Wetterfunk, wie für die nächsten Tage wechselhaftes Wetter und Schauerstaffeln angesagt wurden. Vor Hannover bogen wir in Richtung Braunschweig ab, und hinter Braunschweig hielten wir uns an die Schilder, die Uelzen anzeigten. Wir wollten ins Wendland, wo ich noch nie gewesen war. Mein Bruder hatte dort mit seiner Frau ein Bauernhaus, und nun fuhren wir zu ihnen, um sie zu besuchen. Die beiden waren schon am frühen Morgen losgefahren, um das Haus zu heizen. Je mehr wir uns dem Wendland näherten, desto leerer wurden die Straßen. Es war der dritte Tag nach Weihnachten, und die Geschäfte hatten wieder geöffnet, doch auf den Landstraßen war wenig los. Ich wußte nicht, ob das an der Jahreszeit lag oder ob hier nie viel los war.
»Nicht viel los hier«, sagte Almut.
»Liegt vielleicht an der Jahreszeit«, sagte ich. »Aber vielleicht ist hier auch sonst nicht viel los.«
»Eine abgelegene Gegend.«
»Sieht so aus.«
»Schöne Bauernhäuser.«
»Finde ich auch.«
Wir waren jetzt schon auf der Straße nach Lüchow und die Orte hießen Dommatzen und Wittfeitzen und Dickfeitzen und Waddewitz und Meuchefitz und Gohlefanz und Tolstefanz. Wir kamen auch an einem Ort vorbei, der Kröte hieß.
»Der fällt aber aus dem Rahmen«, sagte ich. »Der sollte sich mit Mücke verschwistern oder verpartnern oder wie man das nennt. Könnte das Selbstbewußtsein der Kröter heben oder wie sie heißen.«
Mücke ist ein Ort im Vogelsberg, wo wir einmal durchgekommen waren.
»Kröte und Mücke, das geht«, sagte Almut. »Aber umgekehrt? Würdest du dich als Mücke gern mit Kröte verschwistern?«
»Sind doch nur Orte«, sagte ich.
Wir kamen an, als es zu dunkeln begann, und mein Bruder und seine Frau begrüßten uns, und wir schauten uns das Haus erst von außen an, und dann gingen wir rein und setzten uns an den Ka-

min. Es war eigentlich gar kein Kamin, sondern ein niedriger Eisenofen, den man öffnen konnte und der, glaube ich, Jefferson-Ofen hieß. Er machte eine prima Wärme, und wir fühlten uns riesig wohl. Wir redeten erst über das Haus und dann über die Malerei. Mein Bruder ist Maler, und wenn wir zusammen sind, reden wir immer viel über die Malerei. Mir fiel ein, daß die Männer, die sich Hemingway für »Fiesta« ausgedacht hatte, nie über die Schriftstellerei redeten, obwohl sie fast alle schrieben. Sie redeten hauptsächlich über Saufen, Frauen, Forellen und den Stierkampf. Auf den ersten Blick schienen sie eine ziemlich abgebrühte Bande zu sein, aber in Wirklichkeit waren sie hochsensible Männer, die sich ständig dafür schämten, daß sie keine richtigen Männer waren wie die Stierkämpfer, sondern nur Künstler: »›Sag ihm, daß ich Schreiben verächtlich finde‹, sagte Bill. ›Los sags ihm. Sag ihm, daß ich mich schäme, daß ich Schriftsteller bin.‹«

Ich hatte auch diese Stelle ganz vergessen, und als ich sie wieder las, wunderte ich mich, daß ich trotzdem immer Künstler hatte werden wollen und nie Stierkämpfer oder Boxer oder Fischer oder sonstwas Handfestes. Ich las weiter, und nun war die Fiesta schon in vollem Gange, und alle zogen dauernd herum, vom *Montoya* ins *Café Iruña* und von dort zum Stierkampf und dann ins *Suizo,* und auf den Straßen drängten sich die Menschen und überall spielte Musik auf. Und die ganze Zeit über hatten sie diese großen Gefühle, und sie tranken ständig, und die Gespräche wurden immer schlichter, und ich las immer schneller, weil ich merkte, wie auch meine Gefühle immer größer wurden und meine Gedanken immer schlichter und wie es mir immer mehr Spaß machte, so große Gefühle und so schlichte Gedanken zu haben, und wie ich damit begann, alles durcheinander zu bringen, und anfing zu glauben, daß ich schlichte Gefühle und große Gedanken hätte.

Dann kam mein Bruder und sagte, daß das Abendessen fertig sei. Wir aßen eine Riesenmahlzeit und tranken dazu *Wittinger Bier.*

»Bei *Paschke* ist heute Abend Schützenball«, sagte die Frau meines Bruders. »Wenn ihr Lust habt, können wir nachher noch hingehen.«

»Und ob wir Lust haben«, sagten wir.

Wir zogen also nach dem Essen zu *Paschke* und setzten uns an einen Tisch neben der Theke. Der Schützenball fand im Versammlungsraum statt und durch die geöffnete Flügeltür kamen immer wieder Leute an die Theke, um hier einen *Schluck* zu trinken und dann wieder in den Tanzsaal zu gehen. Schluck ist eine wendländische Bezeichnung für einen klaren Schnaps. Wenn man viel davon trinkt, wird man besoffen. Im Tanzsaal war die Tanzerei schon in vollem Gange, aber es ging noch ziemlich zivil zu.
»Das wird sich im Laufe der Zeit aber noch ändern«, sagte die Frau meines Bruders.
»Hoffentlich«, sagte ich. Ich hatte noch nie einen Schützenball mitgemacht und verband damit nur undeutliche aber großartige Vorstellungen. Ich sagte das meinem Bruder.
»Was erwartest du denn?« fragte er. »Etwa Exotik?«
»Klar. Exotik und Exzesse und Schlägereien und kollektiven Wahnsinn. So wie bei der Fiesta in Pamplona.«
»Wie kommst du denn darauf?«
Ich erzählte es ihm.
»Warst du denn jemals auf einer Fiesta?« fragte er.
»Ich war überhaupt noch nie in Spanien«, sagte ich.
»Und jetzt bist du im Wendland«, sagte er.
»Offensichtlich.«
Wir schauten auf das Gedränge an der Theke, das immer stärker wurde. Die meisten Männer hatten grüne Uniformen an und trugen Ordensbänder an der Brust. Einer von ihnen, ein großer, älterer Bauer, setzte sich an unseren Tisch.
»Na Adolf«, sagte die Frau meines Bruders, »wie läuft denn der Ball?«
»Keine richtige Stimmung. Früher, da war was los. Da haben die Leute sich ein halbes Jahr auf den Ball gefreut. Und wenn dann die Blasmusik loslegte, dann ging es aber rund. Aber heute haben sie alle Fernsehen und Disco, und die Kapelle besteht nur noch aus zwei Mann. Ne, da läuft nichts mehr.«
»Aber den Leuten scheint es doch zu gefallen«, sagte Almut.
»Ne, ne, die hätten Sie mal früher sehen sollen.« Er erzählte noch etwas von seinem sechzehnjährigen Sohn, der Rinderzüchter wer-

den wollte und nur Rinderzuchtzeitschriften las und alle amerikanischen Deckbullen auswendig konnte, und dann klopfte er auf den Tisch:
»Viel Spaß noch!«
»Ich kanns nicht mehr hören«, sagte ich.
»Was denn?«
»Dieses früher, früher. Anscheinend komme ich immer zu spät. Als ich 1958 in Berlin meinen ersten Kunstakademiefasching mitmachte, hat man mir das auch schon erzählt: Vor zwei Jahren! Da wurde noch in allen Fluren gevögelt! Da waren alle Ordner noch mit einer Schere und mit Heftpflaster ausgestattet!«
»Warum das denn?« fragte Almut.
»Um die vögelnden Paare zu trennen.«
»Ach so.«
Wir schauten noch eine Weile zu, und als wir gingen, hatte gerade ein Tanz angefangen, bei dem die Paare mit angewinkelten Armen wedelten und dann in die Hocke gingen und im Kreis umeinanderwatschelten.
»Guck mal«, sagte mein Bruder, »da hast du deine Exotik.«
»Das haben wir schon im Kindergarten gemacht«, sagte seine Frau, »das ist der Ententanz.«
»Gottseidank«, sagte ich, »die Exotik kann mich mal.«
»Quakquakquak«, sangen die Musiker.
Wir traten auf den dunklen Dorfplatz, der weit war und sandig und baumbestanden, wie alles im Wendland.
»Habe jetzt dein Buch gelesen«, sagte mein Bruder.
»Ach ja?«
»Die Stellen, die in Italien spielen, haben mir gefallen.«
»Spielt doch fast alles in Italien.«
»Ein schönes Land.«
»Ja.«
Als ich dann im Bett lag, mit einem Pullover wegen der klammen Laken, griff ich noch einmal zu »Fiesta«. Ich mochte den knallgrünen Umschlag nicht und versuchte mich daran zu erinnern, wie der Umschlag vor dreißig Jahren ausgesehen hatte, der von Gisela Pferdmenges und Karl Gröning jr., als noch ein Stierkämpfer

draufgewesen war und andere Gestalten, die ich aber nicht mehr zusammenbekam. »Es war der letzte Tag der Fiesta«, las ich und dann, wie alles den Bach runterging, weil Brett mit dem Stierkämpfer verschwand und auch Cohn sich abseilte, weil er sich mit dem Stierkämpfer wegen Brett geprügelt hatte, und wie Bill, Mike und Jake sich mit Absinth vollaufen ließen, das heißt Mike nicht, der war ohnehin ständig betrunken. Nun waren alle restlos unglücklich, aber das waren sie eigentlich schon das ganze Buch über gewesen, und ich fragte mich wieder mal, wo ich eigentlich meine Augen gehabt hatte, damals, als ich das Buch zum ersten Mal gelesen hatte. Mir fiel der Satz ein »Anders liest der Knabe Terenz, anders der Greis«, doch ich erinnerte mich nicht mehr, woher ich ihn kannte. Ich wußte so vieles nicht mehr von dem, was ich mir in den ganzen Jahren in den Kopf gezogen hatte. Eigentlich, dachte ich, müßte man die ganzen Bücher, die man vor dem zwanzigsten Lebensjahr gelesen hat, nochmal lesen, anstatt ständig herumzurätseln, welche frühkindlichen Verletzungen im Lauf der Zeit welche Spätfolgen gezeitigt hätten. Aber dann würde man vor lauter Lesen wohl überhaupt nicht mehr zum Leben kommen. Andererseits, was war das: Leben? Mit einer tollen Clique von einem Café ins andere ziehen, im Süden, wo man von großen, heißen Plätzen unter schattige Arkaden trat, um von dort aus den Einheimischen bei ihren Vergnügungen zuzusehen und unheimlich coole Gespräche zu führen. Das muß einem erst mal einer sagen. Darauf kommt man nicht von alleine, und in der Schule lernt man das auch nicht. Mir hatte es Hemingway beigebracht, und ich war daraufhin in den Süden gefahren, nicht nach Spanien, aber doch nach Italien – Süden war schließlich Süden –, immer öfter und schließlich schon etwas enttäuscht, weil der Südenlack immer mehr abging und ich immer weniger sah und mich immer weiter von den großen Gefühlen entfernte.

Bis es dann doch noch geklappt hatte, ganz überraschend, vor zwei Jahren, bei der Festa del Perdono in San Giovanni. Wir hatten fabelhaft im *Maraccio* gegessen und waren Riesenrad gefahren und hatten nach Blumen geschossen, und nun saßen wir im *Circolo Arci,* der Freund, die schöne Begleiterin, Almut und ich, und wir

holten einen Rotwein nach dem anderen von der Bar und schauten durch die weitgeöffneten Fenster in die blaue Nacht, in der das Fest weiterging, und auf die Feiernden, die sich am Fenster vorbeischoben, und plötzlich wußte ich: Das ist das Glück, und ich wußte auch, warum ich das wußte, und sagte es den anderen auch gleich: »Das ist hier jetzt genau wie in ›Fiesta‹.«
Die Laken hatten begonnen, sich zu erwärmen. Ich hatte nur noch das Dritte Buch vor mir, das ziemlich kurz ist, und in dem Jake seine Brett aus dem *Hotel Montana* in Madrid rausholt, wo sie ohne Geld hängengeblieben war, nachdem sie sich von ihrem Stierkämpfer getrennt hatte. Dann zogen sie zusammen zum *Palace Hotel* und von dort aus *zu Botín,* und dort aßen sie ausgezeichnet und tranken jede Menge *Rioja Alta,* und auf der letzten Seite saßen sie schließlich in einem Taxi:
»Ach Jake«, sagte Brett. »Wir hätten so glücklich zusammen sein können.«
»Ja«, sagte ich. »Ganz schön, sich das auszumalen, nicht wahr.«

WimS-Intim

24.12. Die Redaktions-Weihnachtsfeier endet mit einem Mißklang. »Eine Frage gefällig?« meldet sich Leihbischof Klamm zu Wort und fährt fort: »Wie heißt der Bruder von Mao Tse Tung?« Allgemeines Grübeln, darauf Klamm: »Hinrich.«

»Wieso denn Hinrich?«

»Nun: Hinrich Tung – verstehen Sie? Hinrich-Tung ...«

Das beifällige Nicken ist noch nicht verebbt, da will auch Redaktionsvolontär Stapp etwas sagen: »Und wißt ihr, wie Mao Tse Tungs zweiter Bruder heißt? Gewaltanwen!«

»Gewaltanwen? Doch nicht etwa Gewaltanwen Tung?!« braust Zirfeld auf.

»Genau!« kontert Stapp. Ein Wink, und Zirfelds Schergen nehmen ihm die Weihnachtsgeschenke ab und befördern ihn etwas unsanft aus dem Raum. Denn wenn unser Chefredakteur etwas nicht leiden kann, dann sind es Kalauer zum Christfest.

Ein Weihnachtsessen

In memoriam Anne Bärenz

Denken wir uns einen Weihnachtsabend in einer hessischen Finanzmetropole zu Beginn des dritten Jahrtausends. Markt und Straßen sind längst verlassen, dafür ist es in vielen erleuchteten Wohnungen rund um den Holzhausenpark um so voller, da das altehrwürdige Fest gewohnheitsgemäß auch jene Kreise zu feiernder Runde vereint, die mit Anlaß und Inhalt wenig anzufangen wissen. Um so sorgfältiger achten sie daher auf Formen, und darin tut sich die Gruppe, der wir für kurze Zeit Gesellschaft leisten wollen, ohne Frage besonders hervor.

Wie bereits in den vergangenen Jahren haben die sechs geladenen Gäste zusammen mit den Gastgebern Bescherung und gemeinsames Weihnachtsliedersingen hinter sich gebracht, nun nehmen sie in bunter Reihe an der festlich gedeckten Tafel Platz, die Therapeutin neben dem Juristen, die Lehrerin neben dem Arzt, die Redakteurin neben dem Dichter, während die Gastgeber, Musiker alle beide, zwischen Küche und Eßraum hin und her eilen, um alle Anwesenden mit der Vorspeise, einer Lachsmousse auf Rucolasalat und Getränken, Mineralwasser resp. Moselriesling, zu versorgen.

Doch auch diese Geschäftigkeit nimmt einmal ein Ende, und als alle den ersten Hunger gestillt, den ersten Durst gelöscht und die ersten Komplimente und Trinksprüche getätigt haben, kann das Gespräch jenen so ungeplant wie unangestrengt mäandernden Weg nehmen, der nach Strecken angeheiterter Belanglosigkeit unversehens durch fruchtbares Gelände seinen Weg zu nehmen so lange in der Lage ist, bis der Gesprächsfluß abrupt wieder so dahinplätschert, als ob nichts geschehen wäre. Und was war denn auch groß geschehen?

Da hatte der Arzt zuerst die gute Vorspeise der Gastgeberin gelobt, worauf sie der Jurist für ihr gutes, die Weihnachtslieder begleitendes Klavierspiel pries und der Dichter noch einen draufzusatteln

suchte, indem er behauptete, sie sei überhaupt ein rundum guter Mensch.
Dazu nun konnte die Redakteurin ein Gedicht des späten Gottfried Benn beisteuern, »Menschen getroffen«, das sie auswendig wußte bis hin zu den, wie sie meinte, doch auf die Gastgeberin äußerst passenden Schlußzeilen: »Ich habe mich oft gefragt und keine Antwort gefunden, woher das Sanfte und das Gute kommt, weiß es auch heute nicht und muß nun gehn.«
»Aber bitte nicht vor der Hauptspeise!« rief die Gastgeberin aus und fügte hinzu, in diesen sanften und guten Geschöpfen würde sie sich ums Verrecken nicht wiedererkennen, sie sei vielmehr ein Leben lang um ihren schlechten Ruf besorgt gewesen –, worauf sie sich wegen wichtiger Vorbereitungen entschuldigte und in die Küche enteilte.
Für eine kurze Weile machte sich besinnliches Schweigen breit, das die Lehrerin mit der Feststellung endete, der Benn habe da doch einen sehr ungewöhnlichen, ja ungewöhnlich kühnen Gedanken geäußert.
»Inwiefern?« wollte der Jurist wissen.
Insofern, als er die alte Kinderfrage Wie kommt das Böse in die Welt? umgedreht und in Erfahrung zu bringen versucht habe, woher das Gute komme. Das absolut Gute, wohlgemerkt. Das Gute ohne Vorbedingung, ohne Berechnung, ohne Hoffnung auf Belohnung.
»Das instinktive Gute?« fragte der Musiker und schüttelte zweifelnd den Kopf. Was ja auf einen instinktgeleiteten Altruismus hinauslaufe, fuhr er fort. Während er sich lediglich einen interessegeleiteten Egoismus vorstellen könne.
Dem wurde widersprochen. Beispiele von Aufopferung und Heldenmut wurden angeführt. »John Maynard war unser Steuermann«, zitierte die Redakteurin, der auch diese Ballade geläufig war, Theodor Fontanes Epitaph für den tapferen Steuermann, der mit den dankbaren, von Überlebenshand mit goldener Schrift in Marmorstein gemeißelten Worten endet:

»Hier ruht John Maynard! In Qualen und Brand

Hielt er das Steuer fest in der Hand.
Er hat uns gerettet, er trägt die Kron',
Er starb für uns, unsre Liebe sein Lohn.
John Maynard.«

Das sei, gab der Musiker zu bedenken, zum einen Literatur, also sowohl unüberprüfbar wie auch auf Wirkung hin verfasst, zum anderen aber erinnere ihn das Gedicht an all jene Opfertode in der Nachfolge Jesu. Der jedoch habe keineswegs instinktiv nach dem Kreuz verlangt, vielmehr den ihn opfernden Gottvater darum gebeten, diesen Kelch an ihm vorübergehen zu lassen.

»Und doch gibt es so etwas wie instinktive Aufopferung«, ließ sich da der Jurist vernehmen und fügte hinzu, er würde dergleichen nicht zum besten geben, wenn es ihm nicht selber widerfahren wäre.

»Willst du damit etwa sagen, jemand habe sich für dich aufopfern wollen?« fragte die Therapeutin ungläubig.

»Im Gegenteil«, konterte der Jurist. »Ich war bereit mich aufzuopfern, und das ohne die geringste Bedenkzeit.«

Daß er sich deutlicher ausdrücken solle, wurde verlangt, worauf der Jurist sich nicht lange bitten ließ: »Es war in Westberlin, kurz nach dem Bau der Mauer. Ich studierte damals an der Freien Universität und bekam Besuch von meinem jüngeren Bruder. Der wollte natürlich etwas von den weltbewegenden Veränderungen der nun endgültig geteilten Stadt sehen, also führte ich ihn, es dunkelte bereits, zu einem Mauerabschnitt, an welchem die Bauarbeiten noch in vollem Gange waren, beleuchtet von den Scheinwerfern nervöser Vopos, die bereits auf die Blitzlichter westlicher Fotografen gereizt reagierten und die ihre Waffen ostentativ in Anschlag hielten. Da geschah es, daß ein bodenlos leichtsinniger Beobachter auf Westberliner Seite unversehens eine Leuchtpatrone abfeuerte – ob in Richtung der wachsenden Mauer oder ganz einfach in die Luft, das erinnere ich nicht mehr. Aber das weiß ich noch: Daß ich, der Kriegsunerfahrene, instinktiv das tat, was auch einem kampferprobten Haudegen in Anwesenheit eines jüngeren Kameraden gut angestanden hätte: Ich riß das Brüderchen zu Boden, deckte es mit meinem Körper und hieß es erst wieder aufstehen, als ich nach sorgfältiger Prüfung und längerem Abwarten sichergehen konnte, daß der Schuß auf Westberliner Seite keine Ostberliner Schüsse zur Folge haben würde.«

Der Jurist schwieg, dafür wurde es in der Runde um so lauter. Das müsse man gelten lassen, räumte der Musiker ein.

»Warum in die Ferne schweifen, sieh, der Gute sitzt so nah«, frotzelte die Redakteurin.

Sie sehe den Juristen jetzt mit ganz anderen Augen, rief die Therapeutin aus, sie müsse sich freilich fragen, fügte sie lachend hinzu, ob der jüngere Bruder diesen Rettungsversuch des sich auf ihn werfenden Älteren denn unversehrt überstanden habe – womit sie auf die unübersehbare Körperfülle des Erzählers anspielte. Der wollte gerade zu einer erklärenden Erwiderung ansetzen, als die Gastgeberin den Festbraten hereintrug und Verteilung, Begutachtung, Vertilgung und Belobigung sämtliche Energien banden.

Dann aber, als alles gesagt zu sein schien, meldete sich der Dichter zu Wort. Angesichts dieses vorzüglichen Wildschweinbratens und eingedenk der zuvor geführten Debatte über das instinktiv ausgeführte Gute bzw. Richtige könne er einen Brückenschlag zwischen den beiden scheinbar so weit auseinanderliegenden Themen leisten.

»Wie das, wenn man fragen darf«, wollte die Gastgeberin wissen.

»Das werde ich sogleich unter Beweis zu stellen versuchen«, antwortete der Dichter und begann: »Uns beiden«, er wies auf die ihm gegenüber sitzende Lehrerin, »meiner Frau und mir also war einmal eine Tierbegegnung von geradezu existenzieller Bedeutung beschieden, – auf jeden Fall, davon bin ich überzeugt, stand für einen Augenblick die Existenz unserer damals noch zarten Beziehung auf dem Spiel. Hätte ich damals anders reagiert« ... Der Dichter schien nach Worten zu suchen »... Hätte ich nicht instinktiv das Richtige getan ... ja, instinktiv, da keinerlei Zeit zum Überlegen blieb – ich weiß nicht, ob wir heute noch zusammen wären.«

Wie fragend schaute der Dichter auf seine Frau, wie gebannt blickten die Gäste auf den Erzähler, der den Faden wieder aufnahm: »Es ist nun schon gut fünfzehn Jahre her. Wir, Lena und ich, kannten

einander noch nicht lange, als wir an einem Sonntagnachmittag über den Kühkopf wanderten, jenes Naturschutzgebiet zwischen dem Rhein und einem der raren noch erhaltenen Altrheinarme. Wir gingen, was eigentlich untersagt war, querfeldein, teils um der Natur näher zu sein, teils um uns näher zu kommen, und da geschah es. Als wir auf eine abgeschiedene Lichtung traten, da sahen wir uns unversehens einer Gruppe von Ureinwohnern gegenüber, einer Wildschweinrotte, die, angeführt von einem mächtigen Keiler, just in diesem Moment ebenfalls dabei war, das bergende Dikkicht zu verlassen.
Die wilden Schweine wahrnehmen – den Keiler, eine Bache sowie mehrere Jungschweine – und handeln war für mich eins, und glücklicherweise tat ich das Richtige, das, was sich seit Ur- und Höhlenzeiten für einen Mann ziemt: Ich trat einen Schritt vor, indes ich zugleich mit einer Bewegung des rechten Armes Lena dazu veranlaßte, sich hinter meinem schützenden Körper zu postieren. So, meine Begleiterin im Rücken und meine mäßig breite Brust dem Keiler entgegengereckt, verharrte ich.«
»Und?« verlangten die Zuhörer zu wissen. »Und weiter?«
»Qualvoll lang erscheinende Momente des Wartens vergingen«, fuhr der Dichter fort, »Augenblicke, in welchen mir Geschichten von der Gefährlichkeit dieser Tiere bei für sie unverhofften und scheinbar aussichtslosen Begegnungen durch den Kopf schossen – doch dann ereignete sich urplötzlich etwas, was mir alle Furcht nahm.«
»Was denn?«
Der Dichter straffte sich, dann fuhr er, den rechten Arm anhebend, fort: »Es geschah etwas ebenso Unerwartetes wie Anrührendes: Der Keiler tat es mir gleich. Mit einer energischen Bewegung seines rechten Vorderhufs« – der Dichter vollzog eine halbrunde Armbewegung –, »schob er die Bache schützend hinter sich, indes er sein mächtiges Haupt stolz in meine Richtung reckte ... So war es doch, nicht wahr?«
»Genau so war es«, sprang ihm Lena bei, wohl begreifend, daß es nun an ihr war, sich schützend vor seine Geschichte zu stellen: »Die beiden erkannten einander als Geistesverwandte.«

»Was naturgemäß jeder Furcht den Boden entzog«, fuhr der Dichter mit kaum merklicher Erleichterung fort, »im Gegenteil ...«
Wieder schien er nach Worten zu suchen, schließlich brach eine hilfreiche Zuhörerin das Schweigen: »Wie ging das Treffen denn nun aus?«
»Wie zu erwarten. Jeder von uns trat den geordneten Rückzug an, ein jeglicher in sein bergendes Dickicht und im Hochgefühl, wenigstens einmal im Leben das Herz auf dem rechten Fleck getragen zu haben ...«
»Jawohl«, sprang Lena ein weiteres und letztes Mal bei, da zeitgleich das Orangenparfait aufgetragen und die Aufmerksamkeit der Zuhörer abgelenkt wurde: »Jawohl, genau so war es.«

DER BAUM

Rätsel

»Da ist ein Baum,
ist immer grün,
wächst nicht in der Savanne.
Wächst da, wo Deutschlands Blumen blühn,
und winters auf ihm Kerzen glühn –
wie heißt der Baum?«

»Marianne?«

Es ist ein Maus entsprungen

Die Katze träumt vom Weihnachtsfest,
wogegen sich nichts sagen läßt,
enthielte nicht ihr Weihnachtstraum
auch diesen Katzenweihnachtsbaum:

Kurz und uninteressant

Das Bismarckdenkmal, das kürzlich vor der Gedächtniskirche enthüllt wurde, hat den Berliner Volksmund nicht ruhen lassen; schon heute sind witzige Benennungen wie Eisana Kanzla, Reichsgründa und Wehnachtsbaum im Umlauf.

DIE GESCHENKE

Kinder – mal herhören!

VORSCHLAG FÜR EIN ZEITGEMÄSSES LESEBUCH
DER ZWEITEN KLASSE

WEIHNACHTEN

ICH BIN ERIKA.
JETZT KOMMT WEIHNACHTEN.
ICH SCHENKE VATI EIN TISCHFEUERZEUG ZU 22,50 DM.
VATI SCHENKT MICHAEL TENNISSCHLÄGER ZU 22 DM.
MICHAEL SCHENKT MUTTI EINE SCHÄLMASCHINE ZU 19,70 DM.
MUTTI SCHENKT MIR SCHALLPLATTEN IM WERT VON 18 DM.
4,50 DM MUSS ICH NOCH BEKOMMEN.
VON WEM?
ICH BIN SO GESPANNT AUF WEIHNACHTEN.

Meine Frau

Zur Osterzeit, da fuhr ich
mit meiner Frau nach Rom.
Die ham da auch ne Kirche,
die nennt sich Petersdom.
Der Gottesdienst, der kam uns
so stockkatholisch vor,
da brüllte ich dem Popen
mit voller Kraft ins Ohr:
»Es stört doch nicht, wenn ich ein bißchen läster –
meine Frau hats gerne pittoresker!«

Am Donnerstag, da kam ich
schon um halb drei nach Haus.
Im Flur, da hing ein Mantel,
sah nicht wie meiner aus.
Der Inhalt von dem Mantel,
der lag vor meiner Frau,
hielt ihre Knie umfangen,
da sprach ich: »Kumpel, schau
nicht so verhärmt, und drückse ruhig fester –
meine Frau hats gerne pittoresker!»

Zum schönen Pfingstfest gingen
wir zu den wilden Tiern.
Doch was wir da erlebten,
ging uns echt an die Niern:
»Hallo, Herr Zoodirektor!
Ein Glück, daß ich Sie find!
Die stehen ja im Wasser,
das Nilpferd und sein Kind!
Fürs Kleine muß sofort ein trocknes Nest her –
meine Frau hats gerne pittoresker!»

Am Freitag schaut mein Bruder
Klaus auf ein Gläschen rein.
Er tut dabei ganz harmlos:
»Es darf auch Sprudel sein!«
Ich schicke meine Gute
zum nächsten Wasserhaus,
doch schon nach drei, vier Gläschen
ahn ich die Wahrheit: »Klaus!
Das ist ja gar kein Sprudel, das ist Trester –
meine Frau hats gerne pittoresker!»

Zu Weihnachten, da schrieb ich
dem Maler Baselitz:
»Das beigefügte Foto
stammt aus Privatbesitz.
Darauf ist meine Olle,
die maln Sie bitte ab«,
doch als ich dann das Bild sah,
da lachte ich mich schlapp:
»Wieso steht die denn auf dem Kopf, mein Bester?
Meine Frau hats gerne pittoresker!«

Am letzten Samstag dacht ich,
mit meiner Frau seis aus.
Mit Blaulicht ging es schnellstens
ins nächste Krankenhaus.
Dort sagte mir der Doktor:
»Ihrer Frau, der ist nicht wohl,
denn da ist noch immer etwas
Blut im Alkohol.
Rasch! Setzen Sie sie unter Cognac, Schwester« –
Meine Frau hats gerne pittoresker!

Zu Neujahr kam ein Kärtchen,
das wünschte uns viel Glück
zum Neuen Jahr. Da schrieb ich
dem Schreiberling zurück:

»Mein Freund, was soll der Unfug
von wegen Neues Jahr?
Wir nahmen schon das alte
nur sehr verschwommen wahr.
Bei uns ist nämlich jeden Tag Silvester –
meine Frau hats gerne pittoresker!«

Aus Wirtschaft und Technik

Eine westfälische Firma will noch vor Weihnachten einen preiswerten Gugel auf den Markt bringen. Er soll auch jene Kreise für das Gugeln gewinnen, die bisher aus finanziellen oder pekuniären Gründen keine Möglichkeit hatten, an Gugelabenden teilzunehmen.

Marina

Ich schreibe ein Buch
Und mein Buch wird ein Hit
Doch Marina weiß nichts davon
Es wird »Buch des Monats«
Und ich mach meinen Schnitt
Doch Marina weiß nichts davon

Marina tut lächelnd ihre Pflicht
Sie fährt mir durchs Haar, vom Buch spricht sie nicht.

Mein Buch wird gelobt
Und ich werde geehrt
Doch Marina weiß nichts davon
Das Weihnachtsfest naht
Und mein Buch ist begehrt
Doch Marina weiß nichts davon

Sie fragt mich: Wie immer? Und bindet das Tuch
Ich sage: Genau. Und ich schweige vom Buch.

Mein Buch ist im Aufwind
Der Jubel schwillt an
Doch Marina weiß nichts davon
In der »Zeit« lobts die Frau
und im »Spiegel« der Mann
Doch Marina weiß nichts davon

Sie tut, was sie kann. Doch was sie auch tut:
Sie sagt nichts vom Buch. Und nur das tät mir gut.

Mein Buch beschäftigt
das »Fernsehquartett«
Doch Marina weiß nichts davon
Der Buchhandel wünscht
Daß er mehr davon hätt
Doch Marina weiß nichts davon

Sie greift zur Schere und schneidet mein Haar
Das tat sie bereits, als mein Buch noch nicht war.

Mein Buch ist mein Stolz
Und mein Buch ist mein Glück
Doch Marina weiß nichts davon
Sollt ich auch vergehn
Mein Buch blieb' zurück
Doch, Marina, was hab ich davon?
Was nützen mir Buch
Und Unsterblichkeitsscheiß
Samt Breitbach-, Büchner- und Nobelpreis
Wenn Marina hier
Wenn Marina heute
Wenn Marina hier und heute
Wenn Marina nichts davon weiß?

Die Geschichte von Bella

Der treue Blick erweicht das Herz, der wedelnde Schwanz sagt: »Nimm mich mit« – plötzlich steht er da, der süße Streuner, irgendwo auf der Piazza oder am Strand. Und dann? Einer, der nicht nein sagen konnte, erzählt.

Sechzig Jahre währt nunmehr mein Erdenwallen, fast die Hälfte dieses Weges haben mich Katzen begleitet: Hauskatzen und Vagabunden, eigene Katzen und Pflegekatzen, Katzenmütter, Katzenkinder und Kater. Almut Gernhardt, meine verstorbene Frau, malte am liebsten Katzen, unsere und fremde; ich schaute mir ihre Bilder gut an und ließ mich von den Dargestellten zu Gedichten anregen: »Stumm liegt die Katze auf dem Tisch und denkt an einen Räucherfisch …« So entstanden in den siebziger Jahren einige Kinderbücher, in den Achtzigern drängte es mich, auch Erwachsenen darüber zu berichten, was Katzen mich gelehrt hatten: »Von einer Katze lernen / heißt siegen lernen. / Wobei »siegen« locker durchkommen meint, / also praktisch: liegen lernen.«

Und in den Neunzigern schließlich glaubte ich mich reif, die Summe meiner Katzenerfahrungen ziehen zu können, indem ich in die Rolle und die Seele der Katze Schimmi schlüpfte, um ihre tiefsten Geheimnisse auszuplaudern. *Was deine Katze wirklich denkt* war das Büchlein überschrieben – aber warum erzähle ich das alles eigentlich?

Um zu belegen, daß ich sie beide kenne, die hochgemuten Katzen und den Hochmut, mit welchem die Katzenfreunde auf alle anderen Tierbesitzer hinunterschauen, allen voran auf die »Hundehalter«. Wo doch das Pendant »Katzenhalter« undenkbar ist: Katzen kann man beherbergen, lieben, verehren – halten, beherrschen, gar gängeln lassen sie sich nicht, und gern suggerieren Katzenfreunde, daß es um sie ebenso bestellt sei: »Ich könnte nie einen Hund hal-

ten. Ich will keinen Gehorsam« – ergänze: Weil ich selber niemandem Gehorsam zu leisten willens bin.
Gern rühmen sich die gewöhnlichen Katzenfreunde der berühmten Mitglieder ihres Ordens: Lichtenberg! Baudelaire! Hemingway! Alle unangepaßt, alle Künstler!
Natürlich gibt es auch prominente Hundefreunde. Sie heißen bezeichnenderweise Friedrich der Große, Bismarck und Adolf Hitler, und ihnen steht überdies die Phalanx entschiedener Hundefeinde gegenüber. Während ich berühmte Katzenfeinde nicht zu nennen wüßte, fällt mir auf Anhieb gleich eine Handvoll bekennender Hundegegner ein: Nietzsche und Tucholsky, Benn und Goethe, der nicht nur den Teufel als des Pudels Kern outet, sondern gleich zwei verhaßte Lebewesen auf einen Streich zu erledigen empfiehlt: »Schlagt ihn tot den Hund, er ist ein Rezensent.« Der fünfte aber erhob seine Hundefeindschaft in den Rang einer Glaubenswahrheit: Daß die Engel jene Häuser meiden, die Bilder oder Hunde beherbergen, lehrte Mohammed – aber warum referiere ich das nun wieder?
Weil mich kein Engel mehr besuchen wird. Bilder gab es in meinem Haus schon immer, der Hund hat sich vor etwa zwei Jahren dazugesellt. Die Hündin, besser gesagt. Bella, denn so wird sie gerufen. Bella Hauser, um sie bei vollem Namen zu nennen. Was war da passiert?
Wir schreiben den 13. Dezember 1995. Norbert Gamsbart, so nennen wir einen Schriftsteller etwas jenseits der allerbesten Mannesjahre, atmet auf. Die Tage zuvor hat er im feinen Badehotel »Terme di Saturnia« zugebracht und für einen Artikel recherchiert, nun, am letzten Tag ihres Aufenthalts, sind er und seine Begleiterin, nennen wir sie Lenchen, aller Pflichten ledig. Anderntags soll es wieder nach Florenz und weiter nach Frankfurt gehen, heute aber steht ein kleiner Ausflug auf dem Programm – schließlich ist der 13. Gamsbarts Geburtstag, und da Lenchen den Wunsch geäußert hat, wenigstens einmal das nahegelegene Meer zu sehen, steuert Gamsbart, der sich in der Gegend etwas auskennt, den Wagen in Richtung des Monte Argentario, laut italienischer Landkarte ein »promontorio«, also ein Kap, für den unbefangenen Blick je-

doch eher eine durch drei schmale Landzungen mit dem Festland verbundene Insel. Welche dieser Landbrücken soll er wählen? Nach kurzem Schwanken entscheidet sich Gamsbart für den »Tombolo della Gianella«, den seiner Erinnerung nach einsamsten und naturbelassensten Übergang.
Im Sommer waren natürlich auch dort die zahlreichen Parkplätze längs der Dünen, die die Straße vom Strand trennten, gut gefüllt bis überfüllt gewesen, aber heute ist keine Menschenseele unterwegs. Kein Wunder bei dem Wetter. Unerwarteter Wintereinbruch, Schneefall ab dreihundert Meter, kalter Sprühregen in den Niederungen – keinen Hund möchte man vor die Tür jagen. Nur mal kurz geparkt – hier? Zu viele Pfützen, nehmen wir den nächsten Parkplatz, schnell eine Düne erklommen, ein rascher Blick aufs Meer, und dann irgendwohin, wo es Wärme, Wein und weiße Tischtücher gibt ... Es sollte anders kommen. Noch bevor Gamsbart ausgestiegen war, hörte er Lenchen klagen: »Das mußte mir passieren!«, und kurz darauf sah er, was da passiert war: Vor ihnen saß ein mittelgroßer, dunkler Hund, der sie schweifwedelnd anblickte.
Das sagt sich so leicht: Hund. Gamsbart hatte in seinem Leben schon viele streunende, von einem Hundeleben gezeichnete Köter gesehen, im Innern Griechenlands, an den Stränden der Türkei, in Nordafrika und an asiatischen Küsten – eine solche Kreatur kannte er lediglich von Bildern. Pieter Breughel d. Ä. hatte vergleichbare Unglücksgestalten auf seinem *Triumph des Todes* gemalt, so gut wie skelettierte Hunde begleiten da die Skelette der siegreichen Todesschwadronen. Daß das da noch lebte! Jede Rippe, jeder Rückenwirbel, jeder Schwanzwirbel schließlich war bestens zu sehen – was da wedelte, bestand nur noch aus Haut und Knochen. Und aus Augen, groß, feucht, erwartungsvoll: Da seid ihr ja endlich! Und nun tut was!
Aber was? »Halt den Hund hier fest, ich fahre in den nächsten Ort und kaufe ihm was zu fressen«, schlägt Gamsbart vor. »Und wer fährt morgen?« fragt Lenchen.
Was tun? Die Carabinieri scheiden aus – die Polizei würde die moribunde Fundsache zum Hinterausgang hinaus entsorgen. Tier-

schutzverbände, Tierheime – gibt es hier so etwas überhaupt? Schon wird es dunkel, der Regen verdichtet sich, Lenchen öffnet die Wagentür, und die erbärmliche Kreatur springt anstandslos in den feinen Leihwagen. »Brava!« sagt Gamsbart, da er es mit einer Italienerin zutun hat. »Bella!« korrespondiert Lenchen. Wohin mit Bella? Da besinnt sich Gamsbart darauf, daß er ja in diesem Luxushotel für eine hochangesehene Zeitung tätig ist und daß man Leute seines Schlages mit ihren Problemen nicht so einfach allein läßt. Nun aber hat er eines, von dem er hofft, daß Barbara es zumindest teilen wird.

Barbara ist die Pressedame des Hotels »Terme di Saturnia«, doch an diesem Abend kommt sie Gamsbart eher wie eine Fee vor. Sie hört ihm ruhig zu und kehrt nach kurzem Telephonat mit dem Bescheid zurück, daß ihr Freund zufällig Tierarzt sei, im Nachbarort wohne und den Hund zumindest für die nächste Nacht aufnehmen werde: »Seien Sie unbesorgt, nach Dienstschluß bringe ich Sie nach Semproniano.«

Und dort ereignet sich in tiefster Dunkelheit und bei leichtem Schneetreiben ein Geburtstags- und Adventswunder, dessen einziger Makel darin besteht, daß es nicht von Musik unterlegt ist, etwa von der berühmten gebellten Fassung des Weihnachtsliedes *Jingle Bells.* Vor dem einzigen hellen Eingang der Hauptstraße halten die beiden Wagen an, Gamsbart greift die federleichte Bella und trägt sie in den Behandlungsraum, wo Dottore Marco Aloisi bereits alles vorbereitet hat. Infusionen, Injektionen und andere Interventionen.

Wie sie sich revanchieren könnten, wollen Lenchen und Gamsbart wissen. »Indem Sie etwas für die Wiederansiedlung des Schopfgeiers in der Maremma spenden«, antwortet der Doktor. »Aber nur, wenn Sie wollen. Der Hund wird hier so oder so gesundgepflegt. Seien Sie unbesorgt.«

Bevor es tags darauf nach Frankfurt zurückgeht, überreicht Gamsbart der bereits wieder hochbeschäftigten Barbara einen Umschlag. Sein Inhalt: eine Summe Geldes und ein Brief, der, obzwar in wackligem Italienisch verfaßt, jene opernhafte Melodramatik atmet, die Gamsbart seiner Muttersprache schwerlich entlockt

hätte: »Versuchen Sie das Tier zu vermitteln, doch bitte nur in beste Hände. Wir fühlen uns ab jetzt für dieses Geschenk des Schicksals verantwortlich.«
Irgend jemand muß solche Rhetorik wörtlich genommen haben – der Doktor Aloisi? Das Schicksal persönlich? –, auf jeden Fall wurde Bella acht Monate lang vermittelt. Der gewohnte Frühsommeraufenthalt in Italien fiel wegen einer Operation aus, verlegen teilte Gamsbart dem Tierarzt mit, er wisse nicht, wann er wieder auf den Beinen sein werde. »Seien Sie unbesorgt«, lautete dessen Antwort. »Und wie ist Bella so?« – »Hochintelligent und liebenswert.« – »Vielleicht kann ich im Herbst kommen. Aber wenn sich jemand Seriöses findet ...« – »Seien Sie unbesorgt.« – »Vielen Dank. Wir melden uns wieder.«
So redet keiner, der unter allen Umständen einen Hund haben will, und das wollen Gamsbart und Lenchen auch gar nicht. Die Frankfurter Wohnung teilen sie mit dem Kater Billie, das toskanische Bauernhaus mit Freunden und fest akkreditierten Katzen – durfte ein Hund diese seit Jahren eingespielte subtile Balance stören, mußte er sie nicht ruinieren? »Abgemacht. Wir holen Bella ab. Wir behalten sie auf jeden Fall den September über in Montaio. Wir nehmen sie im Oktober mit nach Frankfurt. Aber wenn Billie nicht mit ihr kann, muß sie ins Tierheim«, sagte Lenchen bestimmt. »So machen wir das«, sekundierte Gamsbart. Und mit diesen Worten brachen sie am 31. August 1996 nach Semproniano auf.
Machen wir es kurz: Die Geschichte, die so märchenhaft begonnen hatte, ging zunächst wie im Märchen weiter. Bella war nicht wiederzuerkennen – statt eines Skeletts in schäbigem Braun sprang uns ein schwarzglänzender Bilderbuchjagdhund entgegen. »Ein fast reinrassiger Pointer«, sagte der Doktor und freute sich unseres Erstaunens.
Es sollte nicht das einzige dieses Tages bleiben. Nachdem wir die ärztlichen Impfbestätigungen entgegengenommen hatten, wollten wir Bella die kurz zuvor erstandene Leine umlegen. »Die kennt sie noch nicht, Bella hat die acht Monate im Zwinger gelebt«, gab der Doktor zu bedenken. Bella ließ sich die Leine umlegen, doch bald stellte sich heraus, daß sie weitere Wissenslücken aufwies.

Der erste gemeinsame Spaziergang sollte uns auf den Burgberg von Semproniano führen, Bella aber scheute, als der bis dahin sanft ansteigende Weg in eine Treppe überging: Sie kannte offenbar keine Treppenstufen. Kurzentschlossen trug ich das Tier, was jedoch die Kritik einiger Italiener hervorrief, die das Mittagessen vor ihrem Hause einnahmen: »Der Hund kann von allein laufen!« Verärgert setzte ich Bella ab, die trotz kräftigem Leinenzug jeden weiteren Schritt verweigerte: »So sehn Sie doch – nichts kann sie!« – »Strana creatura!« – Merkwürdiges Geschöpf.

Das alles ist fast zwei Jahre her. Zeit für eine Zwischenbilanz. Ja, Bella ist noch immer bei uns. Billie hat sie mißtrauisch, aber gefaßt aufgenommen. »Das Bett, äh Boot ist zwar voll, aber man ist ja kein Untier ...«, und uns Menschen darf es erlaubt sein, dem Hunde nach ausreichender Zeit des Zusammenlebens ein erstes Zeugnis auszustellen. Bella, sitz! Und hör gut zu! Denn das sind deine Zensuren in Schönheit: Einem geschenkten Hund schaut man nicht in den Mund – da ich Bella gegenüber in diesem Punkt befangen bin, zitiere ich lieber den Hundekenner Fiorenzo Fiorone, Verfasser des italienischen Fachbuchs *Jagdhunde international,* Bella, du hörst jetzt bitte weg: »Im Pointer finden sich in höchster Vollendung alle Eigenschaften, die man von einem Vorstehhund verlangen kann. Der anatomische Bau ist von geradezu statuarischer Reichhaltigkeit physischer und psychischer aufs höchste entwickelter Fähigkeiten, die ihm mit Recht den ersten Rang unter den Vorstehhunden verschafft haben.« Gesamtnote: sehr gut. Sozialverhalten: sehr gut. Bella geht furchtlos, unaggressiv und neugierig auf andere Hunde und Menschen zu und veranlaßt das leineführende Herrchen, nolens volens das gleiche zu tun. Wer zählt die Hunde meines Viertels oder der Ginnheimer Wiesen, die ich alle mit Namen zu rufen weiß, Rolf und Anka, Jerry und Violetta, Max und Xandi ... Und wie viele dazugehörige Menschen habe ich kennengelernt – allerdings ohne einen Namen nennen zu können: Hundehalter kommunizieren halt über Hunde. In wie viele Schicksale habe ich geblickt, regelrechte Abgründe! Wie sehr sind die Hundehalter in meiner Achtung gestiegen, vor allem all die liebevollen Frauchen, die mit sicherem Blick das scheinbar unvermittelbarste Hundchen aus dem Tierheim erwählen: haarlos, taub, fett, ängstlich, nicht ganz stubenrein und leider manchmal ohne Anlaß bissig. Moderne Heilige sie alle – wann trägt der Vatikan dem Rechnung?

Intelligenz: sehr gut. Anders hätte jemand wie Bella nicht überleben können – schon daß es ihr gelungen ist, uns zu finden! Davor mußte sie sich an nahrungsverheißenden Frauen mit Einkaufstüten gehalten haben, Wesen, die nach wie vor eine magische Anziehungskraft auf sie ausüben, was meine Intelligenz manchmal auf eine harte Probe stellt: Wie macht man einer schreckstarren Frau aus größerer Entfernung auf die Schnelle klar, daß der schwarze Hund, der da auf sie zugeschossen kommt, dies in der freundlichsten Absicht der Welt tut? Und nun springt Bella auch noch an ihr hoch! Wie vermeidet man da den Zuruf, den ich in meiner Vorhundezeit immer dann gehaßt habe, wenn ein Hund auf mich zugerast kam, indes das Herrchen lachend versicherte: »Der tut nichts!«?

Anpassungsfähigkeit: sehr gut. Schon nach der ersten Woche unseres Zusammenseins hatte Bella es geschafft, daß wir uns ihren Bedürfnissen anpaßten. Mit Gähnfiepen, das in Gähnjaulen übergehen konnte, verkündete sie den Tagesanbruch; nach dem Frühstück stand der morgendliche Ausgang auf dem Programm, der mich die seit 25 Jahren scheinbar bestens bekannte Landschaft neu sehen lehrte: Wie viele wunderschöne Ölbaumterrassen ich noch nicht abgegangen war, wie viele abenteuerliche Wege ich noch nie eingeschlagen hatte!

»Viel Bewegung« hatte mir der Arzt nach der Operation empfohlen – was hätte mir Besseres widerfahren können als diese Bewegungstherapeutin, die in Italien unerbittlich den Morgen- und Abendgang einklagt, einbellt und einjault und die uns in Frankfurt Tag für Tag dazu bringt, bei jeder Witterung vier Treppen runter- und raufzusteigen, von den Spaziergängen ganz zu schweigen?

Treue und Wachsamkeit: sehr gut. Bella fordert seit Jahr und Tag treu und brav ihre Mahlzeiten ein und achtet sodann wachsam auf die Vorgänge am Eßtisch ihrer Herrschaften – es könnte ja eine Käsescheibe herunterfallen. Auch Einbrecher würde sie durch wachsames Bellen vertreiben – sie müßten freilich zuvor klingeln. Auf Fremde, die unangemeldet die Wohnung betreten, reagiert sie nicht oder mit Schwanzwedeln.

Lebensfreude: Daß es keine Steigerung von »sehr gut« gibt! Die »gewöhnliche Gangart des Pointers« ist laut Fiorenzo Fiorone »ein stürmischer, gestreckter Renngalopp«, und hat sich die glatthaarige, schwarzglänzende Statue erst mal in Bewegung gesetzt, dann tut sie das derart unbedingt, daß es selbst eingefleischten Hundehassern warm ums verhärtete Herz werden müßte. Da Bella es nie gelernt hat zu jagen, läuft sie um des schieren Laufens Willen, wobei ihr kein Gelände zu schwierig ist und sie keine Kapriole ausläßt, weder an den steilen Ölterrassen noch im dichten Unterholz längs des Baches.

Nicht einmal vor ausgemachten Albereien schreckt diese unbändige Bewegungslust zurück: Niemand kann mir einreden, Bella wisse nicht um die komischen Wirkungen gewisser rasend schneller, drehwurmartig immer enger gezogener Spiralläufe oder bestimmter Spielchen mit entweder viel zu kleinen Dackelpartnern oder viel größeren Gefährten, vom Retriever aufwärts. Der Katzenfreund fühlt sich an die Kaspereien junger Katzen erinnert, doch auch wenn sein Blick auf die hingebungsvoll ruhende Bella fällt, kann er sich katzenkennerischen Lobs nicht enthalten: »Pennt wie weiland Pumper!«

Gehorsam: Tja ... hm ... Aus alldem dürfte bereits eines hervorgegangen sein: Bellas Gehorsam ist nicht der beste. Aber er hat sich gebessert! Wohlmeinende Freunde hatten uns zu Beginn aufs Schlimmste vorbereitet: Die lernt nie mehr um! Was aber mochte dieser Hund, der da aus der Kälte gekommen war, zuvor gelernt haben? Der Findling Kaspar Hauser hatte wenigstens einen Zettel bei sich: »Ich möchte ein Reiter wern, wie mei Vater einer gwen ist.« Kein vergleichbarer Schrieb bei Bella: »Ich möchte eine Jägerin wern, wie mei Mutter eine gwen ist.«

Das Rätsel von Bellas Herkunft wird auf immer ungelöst bleiben, nicht aber das Rätsel ihrer Unarten: »Nahezu alle Probleme mit Hunden haben ihre Ursache in ungeklärten Dominanzverhältnissen«, schreibt der Hundekenner Eric W. Aldington in seinem Ratgeber *Was tu' ich nur mit diesem Hund.* Bellas Fehler sind demnach unsere Fehler, und die lassen sich korrigieren, wenn wir nur hart genug an uns arbeiten und mit eiserner Konsequenz. Immer wenn ich an diesem Punkt meiner bußfertigen Überlegungen angelangt bin, denke ich im stillen: »Scheiß der Hund drauf. Eigentlich hat die unerzogene Bella all jene Qualitäten, die ich als Katzenfreund so an meinem Purzelchen schätze. Freiheitsliebe, Unangepaßtheit, Eigensinn und so weiter ...« Nur daß man eine Katze nicht viermal am Tag Gassi führen muß.

Stadtwinter

Diese kalten Städte vor Weihnachten
– Geh nicht in die dunklen Straßen, halte dich
im Licht der Schaufenster auf.
Diese vielen eiligen Leute, bepackt mit Tüten und Taschen
– Bleib unter ihnen, je mehr ihr seid, desto
weniger kann dir passieren.
Diese abschätzenden Blicke, diese Griffe, die
aus Tüten und Taschen ragen
– Jetzt haben wir dich endlich, wo wir dich haben wollen:
Gut sichtbar mitten unter uns Mördern.

DIE ZEIT

Wußten Sie schon

daß zwar das 1000jährige Reich und der Turm von Siloah zusammengefallen sind, Weihnachten und Ostern jedoch noch nicht.

Die Sache will's

Ach was, es geht mir nicht um mich,
im Vordergrund steht nicht mein Ich,
es geht mir um die Sache.
Die Sache ist: Ich fühl mich krank,
ich brauche einen Besenschrank
und 99 Besen.
Sowie 200 Liter Klops und
70 Kilometer Drops,
doch bitte handverlesen.
Auch hätt' ich gern die Kaiserkrone,
mit der will ich mich unten ohne
am Weihnachtstag dem Volke zeigen,
dazu soll'n 100 000 Geigen
das Lied vom treuen Piephahn spielen,
und alle soll'n gen Himmel schielen,
auf dem ganz groß geschrieben steht,
daß es mir wieder besser geht;
vorausgesetzt, ich krieg' das Zeug.
Aus diesem Grunde bitt' ich euch,
euch ordentlich ins Zeug zu legen.
Nicht wegen mir. Der Sache wegen.

Gute Nacht, Herr Hamm

WimS: Herr Hamm, Sie haben anläßlich der Feierlichkeiten zur Stillegung des Ulmer Münsters einen »Tag der Nacht« gefordert. Wieso?

Hamm: Nun, es gibt den »Tag des Baumes«, den »Tag des Kindes«, den Buß- und Bettag – nur die Nacht hat noch keinen, die führt immer noch so eine Art Schattendasein.

WimS: Weil sie so dunkel ist. Deswegen übersieht man sie auch leichter.

Hamm: Freilich. Und dabei hat gerade sie eine Ehrung verdient. Nehmen Sie doch nur mal irgendeinen Durchschnittstag: Arbeit, Akten, Ackerei. Und nun vergleichen Sie so einen Tag mal mit irgendeiner Durchschnittsnacht; ich sage nur Pennematz ...

WimS: Tja, das ist freilich ein Unterschied ...

Hamm: Nicht wahr? Wie Tag und Nacht!

WimS: Na, ob man das so kraß sagen kann ...

Hamm: Aber es ist doch so. Die Nacht ist dem Tag in allen Punkten überlegen. Und auch der Milch. Obwohl sie natürlich dunkler ist. Die Milch spielt ja mehr ins Weißliche, die Nacht jedoch ...

WimS: Milch? Wir hören immer Milch?

Hamm: Weil es bereits einen »Tag der Milch« gibt. Und nun halten Sie mal so ein Becherchen Milch gegen irgendeine Nacht, es braucht ja nicht gerade die heilige zu sein – ja, da faßt man sich doch an den ...

WimS: Bitte nicht in unserer Gegenwart, Herr Hamm. Eine abschließende Frage: Warum »Tag der Nacht«? Warum nicht ...

Hamm: »Nacht der Nacht«? O, das werde ich oft gefragt. Aber Sie können mich schlagen, ich weiß darauf immer noch keine Antwort.

WimS: Gottlob. Ja, dann schönen Dank für das Gespräch.

Hamm: O, nichts zu danken.

WIMS: Aber ja doch!
HAMM: Nein, nein.
WIMS: Na, dann eben nicht.

Gut gesagt

»Das Weihnachtsfest
Steht vor der Tür –
Genau gesagt:
Es ist schon hier,
Genauer noch:
Es ist vorbei,
Wir schreiben ja
Den ersten Mai«

(Inschrift auf einem Streichholz aus dem Salzkammergut)

Ein Fragebogen

Was ist für Sie das größte Unglück? *Der Schwarze Tod.*
Wo möchten Sie leben? *Im Eldorado.*
Was ist für Sie das vollkommene irdische Glück? *Bekannt zu sein wie ein bunter Hund.*
Welche Fehler entschuldigen Sie am ehesten? *Die der Grünschnäbel.*
Ihre liebsten Romanhelden? *Der Grüne Heinrich.*
Ihre Lieblingsgestalt in der Geschichte? *Barbarossa.*
Ihre Lieblingsheldinnen in der Wirklichkeit? *Rosa Luxemburg.*
Ihre Lieblingsheldinnen in der Dichtung? *Scarlett O'Hara.*
Ihre Lieblingsmaler? *Grünewald.*
Ihr Lieblingskomponist? *Verdi.*
Welche Eigenschaften schätzen Sie bei einem Mann am meisten? *Daß ihm noch vor etwas graut.*
Welche Eigenschaften schätzen Sie bei einer Frau am meisten? *Daß sie noch eröten kann.*
Ihre Lieblingstugend? *Weisheit.*
Ihre Lieblingsbeschäftigung? *Blaudereien am Karmin.*
Wer oder was hätten Sie sein mögen? *Arthur Rubinstein.*
Ihr Hauptcharakterzug? *Preußisch-Blau.*
Was schätzen Sie bei Ihren Freunden am meisten? *Daß ihnen vor mir nicht graut.*
Ihr größter Fehler? *Daß ich so häufig preußisch bin und so selten blau.*
Ihr Traum vom Glück? *Weiße Weihnacht an der Côte d'Azur.*
Was wäre für Sie das größte Unglück? *Farbenblindheit.*
Was möchten Sie sein? *Ein rotierender Grüner.*
Ihre Lieblingsfarbe? *Schmöll.*
Ihre Lieblingsblume? *Goldlack.*
Ihr Lieblingsvogel? *Die gelb-grüne Zornnatter.*
Ihr Lieblingsschriftsteller? *Joseph Roth.*
Ihr Lieblingslyriker? *Die Blues-Barden.*
Ihre Helden in der Wirklichkeit? *Die Männer von Greenpeace.*

Ihre Heldinnen in der Geschichte? *Die Frauen vom Roten Kreuz.*
Ihre Lieblingsnamen? *Bianca, Violetta, Bruno.*
Was verabscheuen Sie am meisten? *Grausamkeit.*
Welche geschichtlichen Gestalten verachten Sie am meisten? *Nero und den Mann aus Braunau.*
Welche militärischen Leistungen bewundern Sie am meisten? *Die Teilung des Roten Meeres.*
Welche Reform bewundern Sie am meisten? *Die Freiheitsbewegungen der Farbigen.*
Welche natürliche Gabe möchten Sie besitzen? *Alles versilbern zu können.*
Wie möchten Sie sterben? *Hellsichtig.*
Ihre gegenwärtige Geistesverfassung? *Und nun geht's umbra, umbra, umbra täteräà.*
Ihr Motto? *Ich weiß, daß ich nichts weiß.*

EPILOG

Schnuffis Abenteuer
ICH BIN MOSES, DER MAULWURF UND SIEHE, ICH...
...VERKÜNDIGE EUCH EINE GROSSE FREUDE, DIE ALLEM VOLKE WIDERFAHREN WIRD...

ICH WERDE MICH JETZT NÄMLICH IN MEINEN BAU ZURÜCKZIEHEN UND HINFORT KEIN WORT MEHR SAGEN!
GERNHARDT 73

Nachwort

»Weiße Weihnacht an der Côte d'Azur« – in dieser Formulierung findet sich vieles von dem, was Robert Gernhardts Umgang mit Worten ausmacht: Zwei gegensätzliche Inbegriffe – hier der altdeutschen Gemütlichkeit, dort eines mondänen Internationalismus –, die ihren Kontrast im Wortklang widerspiegeln – hier Stabreim, dort langgezogene, Fernweh heraufbeschwörende Vokale –, werden zu einem originellen Bild zusammengefügt, einem ebenso witzigen wie symbolträchtigen Zeichen für die Unerreichbarkeit.
Der Titel dieser Anthologie stammt aus einem Gesellschaftsspiel. Er ist Gernhardts Antwort auf die Frage »Ihr Traum vom Glück?« aus jenem berühmten Fragebogen, den der Schriftsteller Marcel Proust in seinem Leben gleich zweimal ausfüllte und der ein fester Bestandteil des Magazins der Frankfurter Allgemeinen Zeitung war. Gernhardt stellte sich dabei die Aufgabe, in jeder Antwort eine Farbe zu nennen. Scheinbar mühelos erfüllt er sie mit dieser Antwort gleich doppelt.
Gernhardts Kabinettstück farbiger Wortkunst lässt sich aber auch als eine Beobachtung über die heutigen Funktionen des Weihnachtsfestes lesen: Wir erwarten von »dem Fest« die Erfüllung unserer lang gehegten Inbilder wie die Ermöglichung eines Kurzurlaubs unter Palmen. Und natürlich ist Weihnachten noch weitaus mehr: In ihm kehrt eine der bekanntesten und meist zitierten Geschichten der Welt ebenso wieder wie das hierzulande emotional höchstbesetzte Ritual im Jahreslauf. Es ist ein Zentralereignis christlichen Erlösungsglaubens und ein den Konsum steigernder Wirtschaftsfaktor. Es gibt Anlaß für Kindheitserinnerungen, feuchtfröhliche Betriebsfeiern und abendländische Kunst.
Einem ganz Fremden, dem man schnell erklären müsste, wie wir heute leben, würde der Historiker und Literaturkritiker Gustav Seibt die Gedichte Robert Gernhardts in die Hand drücken. Daß

dieses nachdrücklich empfehlenswerte Verfahren genauso mit Gernhardts Prosa oder Zeichnungen funktioniert, zeigt auch diese Sammlung: Alle genannten Aspekte des Weihnachtsfests sind in seinem Gesamtwerk präsent. Ich habe bei der Auswahl versucht, Arbeiten möglichst vieler Gattungen zu berücksichtigen und dabei neue Pfade abseits der bekannten Gernhardt'schen Weihnachtsklassiker zu suchen: So reicht in der Lyrik das Spektrum vom heiteren »Rätsel« bis zum ausgesprochen düsteren »Stadtwinter« und umfasst mit »Es geschah in Bethlehem« und »Das Weihnachtsfest steht vor der Tür ...« auch zwei gewissermaßen apokryphe Gedichte, die sich nämlich nicht in Gernhardts Gedichtbänden wiederfinden. Vieles scheint gesammelt neue Wirkung zu entfalten, etwa die drei Berichte von Weihnachtsfeiern der »Welt im Spiegel«-Redaktion oder die bewegenden Texte mit dem autobiographischen Hintergrund der Weihnachtsfeste 1945 und 1982 sowie eines »zu Beginn des dritten Jahrtausends«. So spannt sich die Beschäftigung mit Weihnachten auch fast über den gesamten Lebenslauf des Dichters.

Manches Fundstück habe ich schweren Herzens am Wege liegen lassen, weil der Weihnachtsbezug zu zufällig erschien: So fehlen die Episode aus der Erzählung »Blanket Creek oder Verwilderte Wünsche«, in der sich ein Hirsch mit seinen Geweihstangen in einer Weihnachtsdekoration verfängt, die Berichterstattung von den Dreharbeiten zu dem Film »Die drei Meisen aus dem Morgenlande« und die Adventsliedparodie »Mädchen, macht die Beine breit, hier kommt der Herr der Herrlichkeit« (beide aus »Welt im Spiegel«).

Für vielfältige Unterstützung und stete Beratung bedanke ich mich bei Almut Gehebe-Gernhardt, Fritz Weigle und Lutz Hagestedt.

Johannes Möller

Nachweise zu den Quellen

DAS EREIGNIS

»Die Geburt«, aus: Robert Gernhardt, *Lichte Gedichte*, Frankfurt am Main 1999

»Jakobinischer Wandersmann«, aus: Robert Gernhardt, *Weiche Ziele: Gedichte 1984–1994*, Frankfurt am Main 1998

DIE GESCHICHTE

»WimS-intim«, aus: Robert Gernhardt, F. W. Bernstein, Friedrich Karl Waechter, *Welt im Spiegel: WimS 1964–1976*, Frankfurt am Main 1979 »Welt im Spiegel« war der Titel einer als Zeitungsparodie aufgemachten Nonsens-Doppelseite der Zeitschrift *pardon*. Die Rubrik für Hausmitteilungen führte die Bezeichnung »WimS-intim« (in Anlehnung an »Stern intern«) und wurde von Robert Gernhardt gestaltet.

»Schnuffi«, aus: ebd.

»Die Zeichen reichen«, aus: ebd.

»Lieblingspredigt«, aus: Robert Gernhardt, *Was gibt's denn da zu lachen?*, Zürich 1988

»WimS-intim«, aus: Robert Gernhardt, F. W. Bernstein, Friedrich Karl Waechter, a.a.O.

DIE HEILIGEN DREI KÖNIGE

»Kurz und uninteressant«, aus: Robert Gernhardt, F. W. Bernstein, Friedrich Karl Waechter, a.a.O.

»Schnuffi«, aus: Robert Gernhardt, *Vom Schönen, Guten, Baren: Die schönsten Bildergeschichten und Bildgedichte*, Frankfurt am Main 2007

»Wußten Sie schon«, aus: Robert Gernhardt, F. W. Bernstein, Friedrich Karl Waechter, a.a.O.

»Variationen zu den Heiligen Drei Königen« (Überschrift des Hrsg.), aus:

Robert Gernhardt, *Vom Schönen, Guten, Baren: Die schönsten Bildergeschichten und Bildgedichte*, Frankfurt am Main 2007, Auszug aus dem Nachwort. Text und Abbildungen 1, 3–6 und 8 von Robert Gernhardt, Abbildungen 2 und 7 von Fritz Weigle alias F. W. Bernstein, Abbildung 9 von beiden Autoren.

DAS LIED

»WimS-intim«, aus: Robert Gernhardt, F. W. Bernstein, Friedrich Karl Waechter, a.a.O.
»Schnuffi«, aus: ebd.
»Nacht der deutschen Dichter«, aus: Robert Gernhardt, *Körper in Cafés: Gedichte*, Frankfurt am Main 2004

DAS BILD

Drei Zeichnungen zu Zitaten Georg Christoph Lichtenbergs, aus: Robert Gernhardt, *Unsere Erde ist vielleicht ein Weibchen*, Zürich 1999
»Es geschah in Bethlehem« (Gedicht Robert Gernhardts zu einer Zeichnung Friedrich Karl Waechters), aus: Robert Gernhardt, F. W. Bernstein, Friedrich Karl Waechter, a.a.O.
»Es ist ein Has' entsprungen. Eine Mystifikation«, aus: Robert Gernhardt, *Der letzte Zeichner: Aufsätze zu Kunst und Karikatur*, Frankfurt am Main 2001
Dort findet sich der folgende Hinweis von Robert Gernhardt: *Es ist ein Has' entsprungen – Eine Mystifikation.* Erstveröffentlichung in der FAZ vom 21. 12. 1994 unter dem Anagramm-Pseudonym Norbert Dragerth und mit dem Hinweis: »Der Verfasser, der mit Funkessays hervorgetreten ist, arbeitet in Bebra und der Toskana.« Die »Mystifikation« erschien natürlich ohne aufklärende Unterzeile; mit dem traurigen Ergebnis, daß die lesende Kunstwelt das krause Gebräu anstandslos schluckte. Keiner hat aufgeschrien: Offenbar kann man den Kunstfreunden mittlerweile alles vorsetzen. Foto von *Wie man dem toten Hasen die Bilder erklärt* von Manfred Leve, Nürnberg.
»Als er in der Dresdner Gemäldegalerie das Bild ›Heilige Nacht‹ von Correggio betrachtete«, aus: Robert Gernhardt, *Später Spagat: Gedichte*, Frankfurt am Main 2006

DAS FEST

»Schweinchen. Ein Ansatz«, aus: *text+kritik*, Heft 136, Oktober 1997

»Ein Dreifach-Tusch für Wilhelm Busch«, auszugsweise Abschrift der gleichnamigen Hörfunk-Produktion des Hessischen Rundfunks, auch erschienen als Doppel-Audio-CD, in: »Die andere Bibliothek im Ohr«, Frankfurt am Main 2000

»Vor dem Fest«, aus: Robert Gernhardt, *Vom Schönen, Guten, Baren: Die schönsten Bildergeschichten und Bildgedichte*, Frankfurt am Main 2007

»Krach in Lorch«, aus: Robert Gernhardt, F. W. Bernstein, Friedrich Karl Waechter, a. a. O.

»Glück«, aus: Robert Gernhardt, *Glück Glanz Ruhm: Erzählung Betrachtung Bericht*, Frankfurt am Main 1997

»WimS-intim«, aus: Robert Gernhardt, F. W. Bernstein, Friedrich Karl Waechter, a. a. O.

»Ein Weihnachtsessen«, aus: Robert Gernhardt, *Denken wir uns: Erzählungen*, Frankfurt am Main 2007

DER BAUM

»Rätsel«, aus: Robert Gernhardt, *Wörtersee: Gedichte*, Frankfurt am Main 1996

»Es ist ein Maus entsprungen«, aus: Robert Gernhardt, *Vom Schönen, Guten, Baren: Die schönsten Bildergeschichten und Bildgedichte*, Frankfurt am Main 2007

»Kurz und uninteressant«, aus: Robert Gernhardt, F. W. Bernstein, Friedrich Karl Waechter, a. a. O.

DIE GESCHENKE

»Kinder – mal herhören!« (Auszug), aus: Robert Gernhardt, *Letzte Ölung: Ausgesuchte Satiren* 1962–1984, Zürich 1984

»Meine Frau«, aus: Robert Gernhardt, *Im Glück und anderswo: Gedichte*, Frankfurt am Main 2002

»Aus Wirtschaft und Technik«, aus: Robert Gernhardt, F. W. Bernstein, Friedrich Karl Waechter, a. a. O. (zusammen mit F. W. Bernstein)

»Marina«, aus: Robert Gernhardt, *Im Glück und anderswo: Gedichte*, Frankfurt am Main 2002

»Die Geschichte von Bella«, aus: Magazin der Süddeutschen Zeitung vom 31. 7. 1998

»Stadtwinter«, aus: Robert Gernhardt, *Weiche Ziele: Gedichte 1984–1994*, Frankfurt am Main 1998

DIE ZEIT

»Wußten Sie schon«, aus: Robert Gernhardt, F. W. Bernstein, Friedrich Karl Waechter, a.a.O.

»Die Sache wills«, aus: Robert Gernhardt, *Wörtersee: Gedichte*, Frankfurt am Main 1996

»Gute Nacht, Herr Hamm«, aus: Robert Gernhardt, F. W. Bernstein, Friedrich Karl Waechter, a.a.O.

»Gut gesagt«, aus: Robert Gernhardt, F. W. Bernstein, Friedrich Karl Waechter, a.a.O.

»Ein Fragebogen«, aus: Robert Gernhardt, *Über Alles: Ein Lese- und Bilderbuch*, Frankfurt am Main 1996

EPILOG

»Schnuffi«, aus: Robert Gernhardt, F. W. Bernstein, Friedrich Karl Waechter, a.a.O.

Alle in diesem Band abgedruckten Gedichte, Geschichten und Zeichnungen stammen – soweit nicht anders angegeben – von Robert Gernhardt.

Inhalt

Robert Gernhardt, Bernd Eilert, Peter Knorr
Erna, der Baum nadelt!
Ein botanisches Drama am Heiligen Abend
Band 15767

Unglaublich! Völlig unerwartet werden Schorsch und Erna Breitlinger zu Zeugen eines schrecklichen Unglücks: Der Baum beginnt zu nadeln. Schorsch und Erna sind fassungslos, die Kinder spotten, und keiner weiß, was zu tun ist. Ein dramatisches Schauspiel nimmt seinen Lauf.
Es ist hier nicht nur im Frankfurter Original, sondern in zehn weiteren Mundarten deutscher Zunge zu lesen: Ostfriesisch, Hamburgisch, Westfälisch, Kölsch, Sächsisch, Saarländisch, Schwäbisch, Bayerisch, Salzburgerisch und Züridüütsch.

Fischer Taschenbuch Verlag

fi 15767 / 1

Robert Gernhardt
Die Falle
Eine Weihnachtsgeschichte
Band 15768

Herr Lemm hat beim Studentenwerk einen Weihnachtsmann bestellt. Dieser soll die Geschenke überreichen und seinen beiden Kindern kräftig ins Gewissen reden. Doch der falsche Heilige hat einen anderen Plan. Als er vor dem Baum und der erwartungsvollen Familie steht, schnappt die Falle zu.

Fischer Taschenbuch Verlag

fi 15768 / 1

Robert Gernhardt / Bernd Eilert / Peter Knorr

Es ist ein Has' entsprungen

Und andere Geschichten zum Fest

Band 16516

Alles, was man zum Fest braucht: eine Legende, eine Predigt und die Geschichte vom Weihnachtshasen

Warum feiern wir überhaupt Weihnachten? Was sagt uns die Weihnachtsgeschichte? In Szenen, Gedichten und Berichten gibt das berühmte Autorentrio Gernhardt, Eilert, Knorr Antwort auf diese und andere Fragen, die auch Sie zum Fest stellen werden.

»Bestes Mittel gegen Gänsebraten-Depression.«
Für Sie

Fischer Taschenbuch Verlag

fi 16516 / 1